Donna Jo Napoli
Das Hasenwunder

Donna Jo Napoli

# *Das Hasenwunder*

*Die Geschichte von*
*Laurel und Mümmel*

Roman

Aus dem Amerikanischen von
Ilse Rothfuß

BELTZ
& Gelberg

*Donna Jo Napoli* lehrt in Swarthmore, Pensylvania, Linguistik und lebt dort mit ihrem Mann und ihren fünf Kindern. Sie ist Autorin zahlreicher Kinderromane, die mit verschiedenen Preisen ausgezeichnet wurden.

Neue Rechtschreibung


Die Originalausgabe erschien unter dem Titel *The Bravest Thing* bei
Dutton Children's Books, New York

Umschlag von Philip Waechter
Lektorat Regine Teufel
Gesamtherstellung
Druckhaus Beltz, 69494 Hemsbach
Printed in Germany
ISBN 3 407 79793 1
1 2 3 4 5 03 02 01 00 99

## *Tod*

Es begann alles mit einem Tod.

Genauer gesagt mit zweien.

Wir fuhren von einem Besuch bei Tante Lizzy nach Hause. Sie lebt in Charleston, in South Carolina, eine riesige Touristenfalle, sagt mein Vater, aber schön, sagt meine Mutter. (Meine Mutter ist Tante Lizzys Schwester.)

Wir hielten zum Abendessen an, und meine Mutter erlaubte Arthur und mir, in den Laden neben dem Restaurant zu gehen. (Arthur ist mein kleiner Bruder. Er ist sechs.) Arthur fand eine Maisstrunkpfeife auf dem Klo. Ich versprach ihm, dass ich Mom nicht sagen würde, wo er sie gefunden hatte, denn wenn sie es wüsste, müsste er sie bestimmt hergeben. Und ich sagte Arthur, dass er mir jetzt ganz schön was schuldig sei.

Ich schaute mich im Laden nach etwas Leckerem für Rodríguez um. Zum Beispiel getrocknete Salzkrebse. Rodríguez war immer ganz wild auf diese stinkenden kleinen Dinger und schlang sie blitzschnell hinunter. Aber es gab nichts dergleichen, obwohl Charleston ziemlich nahe am Meer liegt. Stattdessen kaufte ich Lakritze und ging zum Auto, um einen kleinen Bissen davon in Rodríguez' Fischglas zu werfen. Zu Hause hat er ein richtiges Aquarium mit einem Stein drin, aber er reist in einem kleinen Fischglas – reiste, meine ich. Er war nämlich tot, als ich zu ihm kam.

Mom half mir, ihn neben dem Parkplatz in der lockeren Erde zu begraben. Sie sagte: »Für einen Wassermolch hat Rodríguez ein schönes, langes Leben gehabt.«

Ich blinzelte, um meine Tränen zurückzuhalten. »Drei Monate ist nicht lang.«

»Für einen Molch vielleicht schon.«

Ich kenne mich aus mit der Lebensdauer von Wassermolchen und solchen Dingen, und ich wusste, dass Mom nicht Recht hatte. Und sie wusste sehr wohl, dass ich solche Dinge weiß, aber sie muss immer irgendwas Positives sagen. Das ist eine Krankheit bei ihr. Ich hob einen schön geformten Stein auf, den ich Charlotte mitbringen wollte (Charlotte ist meine beste Freundin), und stieg ins Auto.

Rodrígucz war ein guter Wassermolch gewesen. Er hatte alles gemacht, was man von einem Wassermolch erwarten konnte, und noch viel mehr. Ich hatte ihm gern beim Schwimmen zugeschaut, wenn sein orangener Bauch so schimmerte. Das war schön. Und einmal hielt ich meine Hand ins Aquarium, mit gespreizten Fingern, und er schwamm immer zwischen meinen Fingern durch.

Ich rieb den Stein in meiner Hand und fragte mich, ob

ich schuld daran war, dass Rodríguez gestorben war. Ich sagte kaum ein Wort in der nächsten Stunde.

Dad merkte nichts, weil er zu sehr mit dem Verkehr beschäftigt war. Aber Mom schon.

»Hör mal, Laurel«, sagte sie. »Du musst dir langsam eine andere Einstellung zulegen. Todesfälle haben wir weiß Gott schon genug erlebt bei all deinen Haustieren. Und wirklich, mein Schatz, wenn du Tierärztin werden willst, musst du dich an so was wie den Tod gewöhnen.« Sie schaute zu Arthur hinüber, der ganz am anderen Ende des Rücksitzes saß und die Stirn gegen das Fenster presste. »Arthur, was guckt denn da aus deiner Tasche raus?«

»Hm?«, machte Arthur.

»Eine Maispfeife. Ich kann sie genau sehen. Woher hast du diese Pfeife?« Moms Stimme klang leicht besorgt. Es war schon vorgekommen, dass Arthur etwas gestohlen hatte. Mom nannte es »mitnehmen, ohne zu bezahlen«.

»Ich hab sie gefunden«, sagte Arthur.

»Wo?«

»In dem Laden da.«

Moms Stimme wurde schrill. »Du hast sie mitgenommen, ohne zu bezahlen?«

»Ich hab sie auf dem Boden gefunden«, sagte Arthur. Er sagte nicht Toilettenboden. Ich merkte es mir.

»Aha«, sagte Mom. Ihr Gesicht sprach Bände: Sie gab sich große Mühe, ihm zu glauben.

»Das stimmt«, sagte ich. Ich schaute Arthur viel sagend an. Jetzt hatte ich wirklich etwas gut bei ihm.

»Dann hättest du sie dem Ladenbesitzer geben sollen«, sagte Mom. »Er hätte sie ins Regal zurückgestellt und verkauft.«

»Nein«, sagte Arthur.

»Was?«, fragte Mom.

»Er hat sie in meiner Hand gesehen, und als ich ihm sagte, dass ich sie gefunden habe, hat er gesagt, ich kann sie behalten.«

Sehr überzeugend, die Geschichte, dachte ich. Aber ich hielt meinen Mund. Schließlich hatte ich Arthur noch nie beim Lügen beobachtet, und es war eine interessante Entdeckung für mich, dass er solche verborgenen Talente hatte.

Mom verzog den Mund. »Hmmm.«

»Mom?«, fragte Arthur. »Ist das Silber?« Arthur hielt die Maispfeife hoch.

Mom schaute Arthur an, als ob er ein Idiot wäre. Dann drehte sie sich zu mir um und starrte mich vorwurfsvoll an.

Obwohl es gar nicht meine Schuld war. Sicher, ich hatte Arthur schon alle möglichen falschen Sachen beigebracht. Als er ein Jahr alt war, machte er mit Begeisterung Motorengeräusche nach. Also gab ich ihm mein Jo-Jo und sagte ihm, es sei eine besondere Art von Auto. Er lief durchs Haus, rollte das Jo-Jo herum und schrie: »Brrruuum, brrrruuuum!«. Wenn Gäste da waren, sagte ich: »Da seht ihr mal, wie dämlich mein kleiner Bruder ist.« Und das war erst der Anfang.

Aber ich hatte Arthur jetzt schon eine ganze Weile keine falschen Sachen mehr gesagt. Ich mochte ihn in letzter Zeit viel lieber.

Arthur fragte: »Sag doch, Mom. Ist das Silber?«

Mom starrte mich immer noch an. Sie zog eine Augenbraue hoch. Ich zuckte die Achseln.

Mom schaute Arthur an und räusperte sich. »Die Pfeife ist gelb und braun, Arthur. Kennst du keine Farben mehr?«

»Aber der Mann hat gesagt, sie ist silbern.«

»Der Ladenbesitzer?«

»Ja. Er hat gesagt, ich kann sie als Silbertier behalten.«

Mom lachte. Dad lachte. Arthurs Gesicht wurde rot.

Ich beugte mich zu ihm hinüber und berührte sein Handgelenk.

»Es heißt Souvenir, nicht Silbertier. Ein Souvenir ist etwas, das du behältst, damit du dich an irgendwas oder an irgendwo oder was auch immer erinnern kannst.« Ich starrte wütend auf die Rückseite von Moms lachendem Kopf.

Arthur presste wieder seine Stirn gegen die Fensterscheibe.

Ich fragte mich, warum Erwachsene es immer so komisch finden, wenn Kinder irgendwelche Wörter verwechseln. Erst gestern zum Beispiel hatte ich Arthur die Sache mit der alten Frau erklärt, die neben Tante Lizzy wohnt. Sie stand in ihrem Hof und hatte ihren BH über den Kleidern an. Wir schauten zu, wie sie Blätter von einem Strauch zupfte und »Yankee Doodle« dazu sang. Ich sagte Arthur, dass sie die Altheimer Krankheit hätte. Tante Lizzy hörte es und an dem Tag war das Mittagessen ein einziges unterdrücktes Gelächter. Bloß, weil ich nicht wusste, dass es Alzheimer Krankheit heißt. Unterdrückt war das Gelächter deshalb, weil Tante Lizzy die Sommergrippe hatte, aber vor allem natürlich, weil sie nicht wollten, dass es so aussah, als ob sie sich über die alte Frau oder über ihre Krankheit lustig machten. Dass sie über mich lachten, störte sie kein bisschen. Dabei fand ich, dass mein Name für die Krankheit viel logischer war.

Mom schaute mich über die Schulter an. Ich drückte noch einmal herausfordernd Arthurs Handgelenk. Sie lächelte mir zu. »Es ist schön von dir, dass du zu deinem kleinen Bruder hältst, Laurel, aber irgendwann musst du auch mal ein bisschen Sinn für Humor entwickeln.«

»Wie soll sie lachen können, wenn Rodríguez' Leiche kaum kalt ist?«, sagte Dad. Er nimmt mich immer in Schutz. Ich brachte es nicht übers Herz, ihm zu sagen, dass Rodríguez ein Kaltblüter war. Ob tot oder lebendig, er war immer kalt. Aber in einem hatte Dad ganz Recht: Mir war nicht besonders zum Lachen zumute.

Ich zog meinen Notizblock aus dem Rucksack (mein Block und meine Farbstifte sind immer mit dabei, egal, wo ich hingehe) und zeichnete Rodríguez mit all seinen Punkten auf dem Rücken, wie er auf dem Stein in seinem Aquarium sitzt und gerade ins Wasser eintauchen will. Ich dachte daran, wie gern er Krebse gefressen hatte, also malte ich ganze Herden von kleinen Krebsen ins Wasser.

Nach einer Weile schaute ich aus dem Fenster. »Die Kühe legen sich hin. Es wird regnen.«

Dad sagte: »Soweit ich sehen kann, ist das ein klarer, sonniger Tag heute.«

Mom sagte: »Ich wusste gar nicht, dass dieser Teil von Virginia so ländlich ist.«

Arthur sagte: »Kühe legen sich nicht hin.«

Ich machte »Hm« und zeigte hinaus.

Arthurs Blick folgte meinem Finger. Er starrte direkt auf die Kühe und sagte: »Das müssen Schafe sein.«

Ich vertiefte mich wieder in meine Zeichnung.

Bis wir nach Washington, D.C., kamen, hatte sich der Himmel zugezogen. Und als wir Baltimore erreichten, goss es in Strömen.

Auf dem Rastplatz sagte Mom zum mir: »Mit Tieren kennst du dich aus, das muss ich zugeben.«

»Ja«, sagte ich. »So gut, dass Rodríguez jetzt nicht mehr lebt.«

»Du glaubst doch nicht, dass es deine Schuld war?« Mom legte ihren Arm um meine Schultern. Ich schüttelte sie ab.

»Du hast dich vorbildlich um ihn gekümmert, Laurel. Wassermolche gedeihen eben nicht so gut in Gefangenschaft.«

In Wahrheit weiß Mom nicht viel über Wassermolche, ob in Gefangenschaft oder nicht. Sie sagt solche Sachen nur, damit man sich besser fühlt. Und es funktionierte. Ich fühlte mich ein bisschen besser, was Rodríguez anging. Obwohl ich ihn immer noch vermisste.

Eine Woche später saß ich im Wartezimmer beim Kieferorthopäden, um meine Zahnspange kontrollieren zu lassen. Ich hatte dieses grässliche Dinge schon ein ganzes Jahr länger, als Dr. Hayes ursprünglich gesagt hatte. Offenbar wollte mein Kiefer nicht wachsen.

Ein Junge, der ungefähr so groß war wie ich, kam herein, setzte sich neben mich und sagte zu seinem Dad: »Dad, was meinst du, wie viele überleben?« Sein Dad nahm eine alte Zeitschrift und schlug sie auf. Der Junge redete lauter.

»Sag doch, Dad, was schätzt du, wie viele überleben?« Er zerrte seinen Vater am Ärmel. »Wie viele, sag?«

»Wie viele was?«, fragte ich.

Der Junge schaute mich an. Sein Dad schaute mich an. Mom schaute mich an. Ich schaute zurück. Dann starrte ich den Jungen an.

»Hasen«, sagte der Junge.

Das wurde ja richtig interessant.

Ich schob meine Brille hoch (sie rutscht mir dauernd herunter) und schaute den Vater an.

»Und? Was schätzen Sie, wie viele überleben werden?«, fragte ich.

»Äh … keiner, nehme ich an.« Der Vater runzelte die Stirn und musterte mich streng. »Kennen wir dich?«

»Nein«, sagte ich.

»Woher weißt du dann das mit den Hasen?«, fragte er.

»Sie haben es mir gerade erzählt«, sagte ich.

Der Vater schaute Mom einen Augenblick an, dann vertiefte er sich wieder in seine Zeitschrift.

»Züchtest du Kaninchen?«, fragte ich den Jungen.

»Nur die einen«, sagte er. »Meine Katze hat ihre Mutter getötet und fast den ganzen Wurf.« Er schaute seinen Dad an. Sein Dad las weiter. Der Junge schaute wieder mich an. »Aber drei leben noch.«

Ich richtete mich auf meinem Stuhl auf. »Sind sie wild oder zahm?«

»Was?«

»Hast du sie vorher schon gehabt?«

»Nein. Flocki, meine Katze, hat sie gefunden. Sie hatten ein Nest unter der Veranda.«

Flocki. Ich könnte wetten, wenn er einen Hund hätte, würde er ihn Wuffi taufen. Ätzend.

»Und womit fütterst du sie?«

»Ich habe eine Karotte in ihre Kiste getan.«

»Wie alt sind sie?«, fragte ich.

»Dad sagt, sie können höchstens zwei, drei Wochen alt sein.«

Eine Karotte für zwei Wochen alte Hasenbabys.

Der Vater des Jungen schaute mich jetzt auch an und machte ein besorgtes Gesicht. Genau in diesem Moment kam Virginia, die Arzthelferin, herüber und führte den Jungen in Dr. Hayes' Behandlungszimmer.

Ich schaute Mom an.

Sie zog die Oberlippe zwischen ihre Zähne und starrte zu mir zurück.

»Bitte«, sagte ich.

Mom nickte. »In Ordnung. Ich seh schon, du brauchst wieder ein neues Tier. Ehrlich gesagt hätte ich nicht gedacht, dass du es überhaupt so lange ohne aushältst.« Sie seufzte. »Also gut, von mir aus.«

Der Junge kam aus Dr. Hayes' Zimmer, und Virginia rief seinen Dad zu sich herüber, um einen neuen Termin mit ihm auszumachen. Als der Junge sich umdrehte, stand ich direkt hinter ihm.

»Hi«, sagte ich.

»Hi«, sagte der Junge.

»Kann ich eins von den Hasenbabys haben?«

Der Vater beugte sich über den Jungen vor. »Du kannst sie alle haben.«

»Nein«, heulte der Junge auf. »Sie kann eins haben. Nur eins, Dad.«

»Also gut, eins«, sagte der Vater.

»Ich will auch nur eins«, sagte ich.

Der Vater sah erleichtert aus, als er Mom seine Adresse gab. Wir hielten bei einem Lebensmittelgeschäft an und nahmen einen leeren Pappkarton mit, dann fuhren wir gleich weiter zu dem Haus des Jungen. Die ganze Fahrt über musste ich es mir verkneifen, mir die Hasenbabys vorzustellen. Wenn ich mich nicht gebremst hätte, dann hätte ich meinen Skizzenblock herausgeholt und die Hasen gezeichnet. Einsame, mutterlose Hasenkinder. Aber das wollte ich nicht, weil ich dann ein bestimmtes Bild in meinem Kopf gehabt hätte. Und dann wäre ich vielleicht enttäuscht gewesen, wenn ich die richtigen Hasen gesehen hätte. Ich saß also mit leerem Kopf im Auto und tröstete mich damit, dass ich heute Abend nicht ins Bett gehen würde, ohne die Hasen gezeichnet zu haben, wie sie wirklich waren.

Die Hasenbabys waren klein und süß und ich verliebte mich sofort in sie. Sie waren zu einem gemütlichen Hasenknäuel zusammengekuschelt, hatten große Augen und waren ganz still; und sie waren die liebsten Hasenbabys, die ich je gesehen hatte. Der Junge zeigte mir, welches ich nehmen durfte. Es war genau das, welches ich wollte. Wenn mir jemand gesagt hätte, ich sollte mir das schönste Hasenbaby der Welt vorstellen, dann hätte ich mir genau dieses vorgestellt. Ich setzte meinen Hasen in den Karton, den wir mitgebracht hatten. Sein Körper war schlaff. Aber sein Fell war weich und dick und grau.

Als wir gingen, fragte ich den Jungen: »Was für eine Farbe hat Flocki?«

»Braun.«

Braun? Ich hatte noch nie eine braune Katze gesehen.

»Ganz braun?«

»Und gelb.«

Ich musste sofort an Arthurs braungelbe Maisstrunkpfeife denken. »Silbertier«, sagte ich.

»Silbertier«, wiederholte der Junge langsam.

»Silbertier ist der richtige Name für sie, nicht Flocki.«

Ich nickte. »Ja, genau – denk mal darüber nach. Wer weiß, was aus einer Katze, die Silbertier heißt, eines Tages noch werden kann!«

Als wir nach Hause fuhren, hielt ich den Karton auf meinem Schoß und sang meinem Hasenbaby leise vor. Wie sollte ich es nennen? Der Name, den man einem Tier gibt, ist so wichtig. Mein Hase sollte wissen, was er für ein wunderbares Geschöpf war. Sein Fell war tief und schien die Sonne zu schlucken – ganz grau wie die Bartflechten, die von den immergrünen Eichen in Charleston herunterhingen.

Charleston. Genau. Das passte zu ihm.

Ich bewunderte Charlestons lange Hinterbeine und seine zarten kleinen Schnurrhaare. Ich hätte ihn schrecklich gern gestreichelt. Aber ich dachte mir, dass es besser war, wenn ich ihm erst lange vorsang, damit er Vertrauen zu mir fasste.

Ich wälzte Rezepte in meinem Kopf, bis ich genau wusste, womit ich ihn füttern würde. Ich würde mit Chereos anfangen, in Milch und Honig eingeweicht. Ich würde dafür sorgen, dass dieser kleine Hase groß und stark und glücklich würde. Ich würde ihn hegen und pflegen, in Krankheit und Gesundheit, in guten wie in schlechten Zeiten. Das war mein Hase. Ich wollte ihm gerade das wunderbare Rezept verraten, das ich mir ausgedacht hatte, nur um ihm ein bisschen den Mund wässrig zu machen, als er sich plötzlich verkrampfte. Dann streckte er sich, und das war seine letzte Bewegung.

»Dreißig Dollar.«

»Aber sie hat einen Fehler«, sagte ich. Dass ich sie gerade deshalb so gern haben wollte, behielt ich natürlich für mich. »Tiere mit einem Fehler kosten weniger, oder?«

»Fehler?« Die neue Verkäuferin starrte mich verwirrt an. Ich wäre normalerweise gar nicht zu ihr gegangen, aber sie war heute die Einzige im Laden. Sie war noch ganz jung, ein Teenager höchstens. Kapierte sie denn nicht, was dreißig Dollar für eine Zehnjährige bedeuteten? Sie zog die Lippen zusammen und ließ die Finger ihrer rechten Hand über den goldenen Reif in ihrem Ohr gleiten. »An dem Häschen da ist nichts falsch.«

Häschen. Das Mädchen arbeitete in einer Zoohandlung und sie sagte Häschen zu einem Kaninchen. Ich seufzte. Mit der da musste ich viel Geduld haben. »Hier, sie hat einen Riss im Ohr.«

»Na und?«

»Das Ohr ist bei einem Kaninchen der wichtigste Teil«, sagte ich bestimmt. »Sie können nicht dreißig Dollar für ein defektes Kaninchen verlangen.«

»Wenn du was Billigeres willst, dann nimm doch eins

von den Zehn-Dollar-Häschen.« Sie griff mit ihren Fingern nach oben in ihre Haare und nestelte an der Haarspange, die ihren Pferdeschwanz zusammenhielt. »Die sind schon seit Monaten hier. Wird Zeit, dass sie wegkommen.«

Das war genau der Punkt. Die Dreißig-Dollar-Hasen waren erst sechs Wochen alt. Sie waren Hasenkinder und genau in dem Alter, in dem man sie mit Liebe und Zärtlichkeit aufziehen und zu richtig guten Freunden machen konnte. Von der Sorte, die man auf dem Schoß hat und mit Popcorn füttert, während man ein gutes Buch liest. Oder mit denen man sich an einem warmen Frühlingstag im Gras herumwälzt. Genauso ein guter Freund wäre Charleston geworden. Und genauso ein Tier brauchte ich. Wenn ich ein Zehn-Dollar-Kaninchen nahm, das lange genug in einem Käfig gesessen hatte, um alle Welt zu hassen, würde ich es wahrscheinlich nie so weit bringen, dass es mich mochte und mir vertraute.

»Also, hören Sie«, sagte ich. »Ich habe hart für diese fünfundzwanzig Dollar gearbeitet«, was nur teilweise die Wahrheit war. Als ich den Entschluss gefasst hatte, einen Hasen zu kaufen, hatte ich mit Mom darüber gesprochen. Sie hatte nicht versucht, es mir auszureden. Schließlich war sie dabei gewesen, als Charleston gestorben war, und wusste, wie tief mich das getroffen hatte. Und sie hatte in den letzten paar Tagen lauter nette kleine Sachen für mich gemacht, um mich aufzumuntern. Alles, was sie sagte, war, dass Hasen in einer Tierhandlung eine Menge Geld kosten. Also sagte ich: »Sie kosten nicht mehr als zehn Dollar.«

»Zehn Dollar?«, sagte Mom. »Bist du sicher?«

Ich war überhaupt nicht sicher. Ich hatte mich noch nicht erkundigt. Aber jetzt befürchtete ich, dass die Zahl zu niedrig war. »Na ja, nicht mehr als fünfzehn.«

Mom gab mir fünfzehn Dollar. »Dann geh und kauf dir deinen Hasen.«

»Bezahlst du den Käfig?«, fragte ich, obwohl ich bereits wusste, dass sie das tun würde. Es war eine alte Abmachung zwischen uns. Mom bezahlte eine bestimmte Summe für das Tier (wie viel auch immer sie für »vernünftig« hielt) und kaufte ihm einen Käfig oder ein Aquarium oder was immer es brauchte, und ich machte alle möglichen Jobs, um das Futter für das Tier zu bezahlen.

Mom sagte: »Mmm-hmmm. Bring dein Kaninchen erst mal nach Hause. Dann kaufe ich den Käfig.«

Das hört sich nach Hinhalte-Taktik an und in den meisten Familien wäre es das auch gewesen. Aber ich muss zugeben, dass ich nicht immer Glück gehabt hatte. Einmal kaufte ich eine Boa constrictor und transportierte sie in einem Pappkarton vorne in meinem Fahrradkörbchen nach Hause. Und weil ich sichergehen wollte, dass sie unterwegs nicht hungrig wurde, kaufte ich ihr eine Maus zum Fressen. Eine Boa constrictor von der Größe, wie ich sie gekauft hatte, frisst eine Maus pro Woche. Sie schlingt sie ganz hinunter und dann sitzt sie einfach nur da und verdaut den großen Klumpen in ihrem Inneren. Ich ließ die Maus zu der Schlange in den Karton fallen und radelte los wie verrückt.

Was ich leider nicht gewusst hatte, war, dass meine Schlange erst am vorigen Tag eine Maus zu fressen bekommen hatte. Sie lag also satt und schläfrig in ihrem Karton und ignorierte die Maus. Aber die Maus muss irgendwie schlau gewesen sein, denn sie verlor keine Zeit. Sie griff die Schlange an und biss sie immer und immer wieder in den Hals.

Ich ahnte nichts davon. Die Straße nach Hause ist ziemlich holprig, und ich musste eine Hand auf den Karton halten, damit er nicht aus dem Körbchen hüpfte, und so merkte ich nichts von dem ganzen Aufruhr in der Schachtel. Außerdem hatte ich meinen Fahrradhelm auf, und in meinem Helm fühle ich mich immer wie in einer anderen Welt, und dann werde ich nervös wegen dem Verkehr und muss mich ständig nach den vorbeifahrenden Autos umschauen. Bis ich nach Hause kam, war die Schlange jedenfalls tot.

Mom stand da mit dem riesigen, gläsernen Terrarium, das sie für die Schlange gekauft hatte, und starrte mich an. Wir setzten die Killermaus eine Zeit lang in das Terrarium.

Sie wirkte ganz verloren in dem großen Raum.

Arthur hasste sie. Er ging etwa alle halbe Stunde ans Terrarium und brüllte »Mörderin!« hinein.

Dad mochte sie auch nicht besonders. Er sagte: »Wir

können es uns nicht leisten, eine Maus zu ernähren, die Schlangen frisst.« Es lohnte sich nicht, ihn darauf hinzuweisen, dass es schließlich mein Job war, für das Futter zu sorgen – und dass die Maus wahrscheinlich auch normales Mäusefutter fressen würde. Es lohnte sich deshalb nicht, weil Dad so etwas nur sagte, um witzig zu sein. Er wollte keine Diskussion. Er wollte einen Lacherfolg. Ich gönnte ihm keinen – nie. Also lachte er selbst über seine Witze.

Eine Maus hatte ich eigentlich gar nie gewollt. Ich wollte eine Schlange. Aber jetzt wollte ich nicht einmal mehr das. Nach diesem Reinfall war ich kuriert. Außerdem hatte Bianca, mein Papagei, so furchtbar gekreischt beim Anblick der toten Schlange, dass ich wusste, sie würde es mir nie verzeihen, wenn ich eine lebendige nach Hause brachte. Ich begrub also die Boa constrictor und schenkte die Maus Arthurs Kindergartengruppe. (Das war letztes Jahr.) Arthur rächte sich dafür auf seine übliche Kindergartenart. Er stopfte eine Ladung Haferpampe in meine Schreibtischschublade.

Und Mom konnte es nicht lassen, mich immer wieder an das große, leere Terrarium zu erinnern. Aber ich löste das Problem später, indem ich es als Aquarium für Rodríguez, den Wassermolch, benützte.

Jedenfalls kaufte Mom seit damals erst dann einen Käfig für meine Tiere, wenn sie die erste Nacht in unserem Haus überlebt hatten.

Und da stand ich nun mit Moms fünfzehn Dollar.

Zehn weitere Dollar hatte ich aus meiner Kommode. Sie waren ein Geschenk von meiner Großmutter Nini zu meinem letzten Geburtstag. Das war das ganze Geld, das ich auf der Welt besaß. Weil ich das Futter für meine Tiere selbst kaufen muss, gebe ich jeden Penny, den ich verdiene, sofort wieder aus. Ich hatte mir eingebildet, mit den fünfundzwanzig Dollar in meiner Tasche könnte ich mein Kaninchen bezahlen und dazu noch eine Menge Futter für die erste Zeit.

Ich ließ nicht locker und sie konnten mich auch nicht einschüchtern. Seit dem Tag, an dem Charleston gestorben war, fühlten sich meine Hände so leer an. Sie sehnten sich schmerzlich danach, wieder in ein warmes, samtiges Hasenfell zu fassen. Ich würde eine gute Hasenhalterin sein. Ich würde mein Bestes tun. Die Verkäuferin musste mir die kleine Häsin für fünfundzwanzig Dollar verkaufen. Sie musste einfach.

Die Verkäuferin starrte an meiner Schulter vorbei. Sie ließ ihre Hand aus den Haaren fallen und baute sich in Habachtstellung auf. »Wir verkaufen keine Tiere zu heruntergesetzten Preisen«, sagte sie, aber sie redete nicht mit mir.

Ich folgte ihrem Blick, und als ich mich umdrehte, stand der Ladenbesitzer vor mir. Ich kannte Mr. Caldwell, weil ich im Lauf der Jahre eine Menge Tiere bei ihm gekauft hatte.

»Laurel«, sagte er in seiner trockenen Art, »bist du schon wieder dabei, um ein Tier zu feilschen?«

Es war nicht ganz fair von Mr. Caldwell, wie er das sagte. Es hörte sich so an, als ob ich ständig um irgendwelche Tiere feilschte. Dabei hatte ich es erst einmal gemacht, als ich meinen Papagei gekauft hatte, und das war über ein Jahr her gewesen. Mr. Caldwell hatte sich damals nicht erweichen lassen. Aber dann hatte Mom mir einen Vorschuss auf mein Geburtstagsgeld von Nini gegeben (es war mein neunter Geburtstag), und so konnte ich Bianca trotzdem kaufen, obwohl sie zu der teuren, edlen Sorte gehörte.

Bianca war hinreißend. Sie kam zu mir hergeflogen und setzte sich auf meinen Kopf oder auf meine Schulter. Eines Tages hielt sie nach mir Ausschau, als ich gerade unter der Dusche war. Ich wusch meine Haare und sang vor mich hin. Bianca flog ins Badezimmer herein, und irgendwie schaffte sie es, um den Duschvorhang herumzukommen. Sie knallte gegen die Wand und fiel – platsch! – in die Wanne. Ich zog sie sofort heraus und trocknete sie ab. Dann setzte ich sie in ihren Käfig und stellte ihn neben die Heizung in meinem Schlafzimmer. Ich sang ihr mein Lieblingslied vor, das Freundschaftslied von mir und meiner besten Freundin Charlotte: »Wenn du in der Tinte sitzt, komm ich sofort angeflitzt.« Aber sie erkältete sich trotzdem und starb noch in derselben Nacht. Selbst jetzt noch, nach über einem Jahr, machte mich die Erinnerung ganz traurig. Kein anderer Vogel würde je so wie Bianca sein.

Aber jetzt war keine Zeit zum Trübsalblasen. Da

stand ich in der Tierhandlung und starrte Mr. Caldwell direkt ins Gesicht.

»Sir, ich weiß, dass Sie es nicht leiden können, wenn man mit ihnen herumfeilscht …«

»Das stimmt«, sagte Mr. Caldwell.

»Aber ich brauche das Kaninchen dort«, sagte ich und zeigte auf das braun-weiße mit dem Riss im Ohr. »Ich habe nur fünfundzwanzig Dollar und es kostet dreißig Dollar, also …« Ich zögerte. »… also werden Sie mir einen Job geben müssen, damit ich die restlichen fünf Dollar abarbeiten kann.«

Mr. Caldwell machte ein überraschtes Gesicht. Hatte er etwa geglaubt, dass ich betteln wollte? Auf jeden Fall sah ich an der Art, wie seine Augen suchend im Laden herumschweiften, dass er einen Job für mich finden wollte. Ich hatte das Richtige gesagt. Ich schaute zu der Häsin hinüber, die bald meine werden sollte, und versuchte, ihr einen aufmunternden Blick zuzuwerfen. Genau in dem Augenblick gähnte sie und ich konnte ihre lustigen kleinen Hasenzähne sehen. Ich lachte.

»Jack ist noch nicht aufgetaucht«, sagte die Verkäuferin.

Das brachte Mr. Caldwell unsanft auf den Boden der Tatsachen zurück. »Wie bitte – Jack ist noch nicht hier?«

»Nein. Und ich habe zu tun – jemand muss schließlich die Kunden bedienen. Wo Sie doch die ganze Zeit mit der Inventur beschäftigt sind. Und …«, die Verkäuferin warf Mr. Caldwell einen viel sagenden Blick zu, »besonders gemütlich ist es auch nicht gerade da drinnen.« Sie klopfte mit den Fingern ihrer rechten Hand gegen die Handfläche ihrer linken. Sie hatte orangefarbenen Nagellack auf den Nägeln.

Mr. Caldwell schaute mich mit steinernem Gesicht an. »Es wäre doch ziemlich blöd von mir, wenn ich dir einen Job geben würde, den meine Angestellten genauso gern machen, stimmt's?«, fragte er.

Mir gefiel die Frage nicht. Ich zuckte die Achseln.

»In einer Tierhandlung gibt es alle möglichen Arbeiten.« Mr. Caldwell starrte mich durchdringend an.

Ich wusste, dass etwas Schlimmes auf mich zukommen würde. Ich stellte mir vor, wie ich helfen musste, einer Katze die Krallen zu schneiden oder einen Boxer festzuhalten, dem Mr. Caldwell den Schwanz kupierte. Und wenn es sogar noch schlimmer als Verstümmeln war? Wenn der nicht aufgetauchte Jack den Job hatte, missgebildete Tiere umzubringen? Was, wenn ich helfen musste, einen alten kranken Papagei zu töten?

Ich musste meine ganze Kraft aufbieten, mich nicht unter Mr. Caldwells Blicken zu ducken.

»Mit anderen Worten, du kannst die Hundezwinger auswaschen. Na, wie wär's damit?«

Erleichterung erfüllte mich. »Super«, sagte ich.

Mr. Caldwell sah mich an, als ob ich nicht alle Tassen im Schrank hätte. »Ist dir auch klar, was das bedeutet?«, fragte er. »Du musst dafür sorgen, dass das ganze Zeug von den unteren Stangen wegkommt – jedes kleine Fitzelchen. Wir nehmen dafür eine Bürste, nachdem wir die losen Brocken mit dem Schlauch weggespritzt haben.«

*Zeug*. Glaubte er etwa, er müsste so einen dämlichen Ausdruck verwenden, bloß weil ich ein Mädchen war? Warum sagte er nicht Exkremente, oder, wenn er das nicht schaffte, zumindest Schmutz oder Dreck? Ich hätte am liebsten gesagt: »He, Mr. Caldwell, das Zeug ist nichts Fremdes für mich.« Schließlich hatte ich in den letzten sechs Jahren fast immer ein Tier gehabt. Aber ich verkniff es mir. Stattdessen nickte ich brav.

Mr. Caldwell sagte weiter nichts mehr und ging ins Hinterzimmer. Ich marschierte ihm hinterher zur Rückseite der Hundezwinger. Er machte schnell einen Zwinger auf und führte einen Spaniel in den Warteraum daneben. Das war der Ort, an dem die künftigen Besitzer ihre künftigen Tiere genauer anschauen und ein bisschen Bekanntschaft mit ihnen schließen konnten, bevor sie sie adoptierten. Mr. Caldwell deutete auf den Schlauch und zeigte mir die Bürste und den Eimer. Dann schloss er die Tür zum Warteraum, und ich war plötzlich allein – hinter einem offenen, schmutzigen, stinkenden Hundezwinger.

Ich brachte es schnell hinter mich. Ich drehte den Wasserhahn ganz auf und spritzte die Stangen blitzsauber. Dann nahm ich vorsichtshalber noch die Bürste. Die Zwinger waren sehr vernünftig konstruiert: Der Boden senkte sich unter den Stangen und das Wasser lief in einen offenen Abfluss. Ich drehte das Wasser ab und klopfte an die Tür zum Wartezimmer: »Fertig, Mr. Caldwell«, sagte ich.

Mr. Caldwell machte die Tür auf. »Das ging aber schnell.« Er inspizierte den Zwinger, während der Spaniel an seiner Leine zerrte. »Ja«, sagte er plötzlich. »Ja, doch. Gut gemacht.« Er sperrte den Spaniel wieder in den Zwinger und machte den nächsten auf. Ein Foxterrier ging glückselig mit Mr. Caldwell in den Warteraum und ich wiederholte die Prozedur. Es waren sechs Zwinger und nach einer halben Stunde war ich mit der Arbeit fertig.

Mr. Caldwell setzte meinen Hasen höchstpersönlich in einen Pappkarton und pfiff dabei fröhlich vor sich hin. Spätestens jetzt wurde mir klar, dass Mr. Caldwell allerdings Grund zum Pfeifen hatte. Schließlich hätte er die Zwinger selbst ausputzen müssen, wenn ich nicht vorbeigekommen wäre, so dämlich, wie sich die Verkäuferin anstellte. Und wenn mich nicht alles täuschte, hasste Mr. Caldwell das *Zeug* wahrscheinlich auch. Eine komische Vorstellung, dass der Besitzer einer Tierhandlung so pingelig sein konnte.

Mr. Caldwell gab mir den Karton. »Ich schätze, du brauchst auch ein bisschen Futter für den Anfang.«

Stimmt, dachte ich. Deshalb hatte ich mir schon die ganze Zeit den Kopf zerbrochen. Ich nickte.

»Also, du hast deine Arbeit heute gut gemacht. Du warst schnell und gründlich«, sagte Mr. Caldwell. Er hob eine Drei-Pfund-Packung Kaninchenfutter hoch, die kleinste, die sie im Laden hatten. »Ich glaube, das hier hast du dir redlich verdient.«

»Danke, Mr. Caldwell«, sagte ich. Ich nahm die Pakkung auf den Karton mit meinem Hasen und ging hinaus.

Als ich an der Kasse vorbeikam, sagte die neue Verkäuferin:

»Pass gut auf Mümmel auf.«

»Mümmel? Sie heißt Ira«, sagte ich, ohne mich umzuschauen. Ich hatte in Gedanken die ganze Zeit Namen durchprobiert, als ich die Zwinger sauber machte. Ira war der ideale Name für meine Häsin.

»Nö…hö«, sagte das Mädchen. »Wir nennen sie alle Mümmel. Das ist ihr Name. Sie hört darauf. Du stürzt sie in eine Identitätskrise, wenn du sie umtaufst.«

Ich warf ihr einen raschen Blick zu, um herauszufinden, ob sie mich vielleicht auf den Arm nehmen wollte. Aber sie hatte sich bereits weggedreht und war damit beschäftigt, Hundekekse in die Dosen auf der Theke einzusortieren.

Ich redete mit lauter, fröhlicher Stimme auf meinen Hasen ein, als wir heimwärts radelten. »Dein neues Zuhause wird dir bestimmt gut gefallen«, sagte ich. »Was meinst du, wie viel Spaß wir zusammen haben werden. Und bei mir kriegst du auch nicht bloß diese stinkigen kleinen Kugeln zu fressen. Ich geb dir lauter leckere Sachen. Und an Arthur wirst du dich schon gewöhnen. Er wird dich anfangs ein bisschen zu fest drücken, aber mit der Zeit kapiert er es schon. Das ist immer so bei ihm. Außer dem einen Mal, als er Jake, dem kleinen Enterich, den Hals gebrochen hat. Aber das ist schon lange her.« So redete ich noch eine Weile weiter, um die Häsin zu beruhigen. Endlich, endlich wagte ich es, ihren Namen zu sagen. »Ira? Ira, sag, gefällt dir dein Name?« Der Hase gab keine Antwort.

Als ich den Karton auf den Küchentisch stellte und den Deckel aufmachte, versteckte sich die kleine Häsin in der Ecke und wollte mich nicht einmal anschauen. »Ira«, rief ich leise. »Ira, komm raus.«

Mom stand hinter mir, die Arme vor der Brust verschränkt. Sie sagte nichts.

Dann kam Arthur herein und spähte in den Karton. »Hallo, Häschen«, sagte er. »Komm raus, Häschen.« Er lächelte. »Schöner Hase. Hoffentlich hält er eine Weile.«

»Klar hält er«, sagte ich schnell.

Arthur schaute weiter auf den Hasen und klopfte mit seinen Fingern auf den Tisch. »He, du Mümmelmann – komm schon, Mümmel.«

Ich traute meinen Ohren nicht.

Und zu meinem großen Erstaunen kam der Hase tatsächlich aus seinem Karton gehoppelt.

»Nein!«, schrie ich. »Du sollst sie nicht Mümmel nennen, Arthur!«

»Warum nicht?«

»Mümmel, das ist doch viel zu langweilig. Sie heißt Ira, nicht Mümmel.«

»Warum kommt sie dann raus, wenn ich Mümmel sage?«, wollte Arthur wissen.

»Purer Zufall«, behauptete ich. »Reiner Glückstreffer.« Ich schaute Mom an. »Stimmt's, Mom?«

»Ich weiß nicht«, sagte Mom. »Manche sind eben ein bisschen gewöhnlicher als andere. Vielleicht mag dein Hase lieber einen ganz normalen, netten Namen.«

Ich wollte widersprechen und hatte schon den Mund aufgemacht. Aber irgendwie hörte es sich richtig an, was Mom sagte. Schließlich war der Hase herausgekommen, als Arthur ihn gerufen hatte. Ich war ein bisschen traurig. Mein Hase würde keinen schönen, geheimnisvollen Namen haben. Sondern einen, auf den jeder sofort kommen würde. Mümmel. Ich fragte mich, ob mein Hase auch so normal und berechenbar würde wie sein Name.

Auf einmal schaute mich Mümmel an und machte einen kleinen Hopser auf die Seite. Dann gähnte sie, genauso wie sie in der Tierhandlung gegähnt hatte. Ich lachte. Was ist schon ein Name, sagte ich mir. Mümmel hielt noch eine Menge Überraschungen für mich bereit, da war ich mir sicher.

Ganz sicher.

»Wenn meine Mutter uns erwischt, sind wir erledigt.« Ich telefonierte mit Charlotte, meiner besten Freundin. Sie war gerade dabei, ihre Mutter auf die Palme zu bringen. Charlotte wollte das gar nicht, aber es passierte einfach. Ihre Stimme flüsterte nur noch. Ich musste das Telefon fest an mein Ohr pressen, um sie zu verstehen. »Und was meinst du, werden die anderen sagen, wenn wir beide morgen in der Schule mit roten Haaren aufkreuzen!«

»Wir beide?« Ich sprang vom Tisch auf und schaute mich in der Küche um, obwohl ich genau wusste, dass außer Mümmel und mir niemand zu Hause war.

Ich spähte aus dem Fenster die Einfahrt hinunter. Es goss in Strömen und große Pfützen hatten sich vor der Garage gebildet. Moms Auto war nirgends zu sehen. Sie war wahrscheinlich noch mit Arthur im Schuhgeschäft und stritt mit ihm herum, welche Turnschuhe er bekommen sollte. Dad war bei der Arbeit. Ich sprach trotzdem leiser. Nicht, weil ich Angst hatte, dass Mom mir irgendwas verbieten würde, wenn sie mich hörte. In solchen Dingen ließ sie mich mein eigenes Leben leben. Nein, ich wollte nicht, dass Mom mich hörte, weil ich Angst hatte, dass sie mich auslachen würde. »Jetzt hör mal zu, Charlotte, soviel ich weiß, hab ich nicht gesagt, dass ich mir auch die Haare färbe, oder?« Aber trotz meines Protests spürte ich bereits, wie es erwartungsvoll in mir zu kribbeln anfing.

»Ach komm schon, Laurel. Dieses Jahr gibt es in unserer Klasse niemand mit roten Haaren. Wir wären echt was Besonderes. Wir würden überall auffallen.«

Und ob wir auffallen würden. Ich hatte eine dunkle, bräunliche Haut. In meiner Familie gab es weit und breit keinen einzigen Rothaarigen. »Ich würde einfach grässlich aussehen mit roten Haaren, Charlotte«, sagte ich. »Bei dir ist das was anderes. Du hast die richtige Haut und die richtigen Augen für rote Haare.«

»Jede Haut- und Augenfarbe passt zu rotem Haar. Rote Haare sind ein Bekenntnis.«

»Dann ist es dein Bekenntnis, nicht meins«, sagte ich. Aber ich hielt mein Milchglas hoch und versuchte, mein Spiegelbild darin zu finden. Ich fragte mich, wie ich als Rotschopf aussehen würde. Aber in meinem Milchglas konnte ich nur Milch sehen, sonst nichts.

Mümmel donnerte jetzt gegen die Schranke, die wir aus Arthurs Bauklötzen errichtet hatten und die sie daran hindern sollte, aus der Küche zu kommen. Während ich dastand und zuschaute, schaffte sie es, obendrauf zu hüpfen und auf der anderen Seite wieder herunterzuspringen. »Ich muss jetzt Schluss machen. Mümmel ist ausgerissen.«

»Laurie, deine Mutter erlaubt dir doch immer alles. Also machen wir es bei dir zu Hause.«

»Nein!« Ich spitzte die Ohren und lauschte auf irgendwelche Nagelaute. Das letzte – und einzige – Mal, als Mümmel es geschafft hatte, ins Wohnzimmer zu kommen, hatte sie ihre Spuren an einem der Couchtisch-Beine hinterlassen. Mom war gar nicht erfreut gewesen. »Ich muss jetzt wirklich aufhören, Charlotte.«

»Gut, ich komm dann gleich rüber.«

»Aber es gießt wie verrückt, Charlotte.«

»Ich bin in fünf Minuten da.« Damit legte sie auf.

Es war einfach, Mümmel zu finden. Sie kam nie, wenn ich sie rief, auch wenn ich noch so lieb säuselte. Aber wenn ich sie in der Küche eingesperrt ließ, hoppelte sie schnurstracks unter die Zwiebelkiste, das Einzige, was dort aus Holz war. Sie liebte Holz. Jetzt steuerte ich den Couchtisch im Wohnzimmer an, und tatsächlich, da war Mümmel und nagte glückselig vor sich hin. Ich fing sie ein, nach einer wilden Jagd um die Möbel herum. »Hör mal, Mümmel, Charlotte kommt gleich rüber.«

Mümmel saß in meinem Arm und schaute mir direkt ins Gesicht. Sie zuckte mit ihren Schnurrhaaren.

»Diesmal darfst du sie aber nicht anpinkeln«, sagte ich. »Sie hat gedroht, dass sie dich nie mehr hochnimmt, wenn du das noch mal machst.«

Mümmel starrte mich wortlos an. Hasen sind schweigsame Leute.

Es klingelte an der Tür. Ich machte auf und vor mir stand eine klatschnasse Charlotte. »Warum hast du keine Regenjacke angezogen?«, fragte ich.

»Weil meine Mutter mir immer noch keine neue gekauft hat. Und die mit den Delphinen drauf zieh ich nicht mehr an – lieber sterbe ich.«

Charlotte war inzwischen hereingekommen und stand tropfend im Flur. Ich musste daran denken, wie neidisch ich gewesen war, als Charlotte die Delphin-Jakke bekommen hatte. Ich wollte auch eine Regenjacke mit lachenden Delphinen drauf. Jedenfalls wollte ich das letztes Jahr. Charlotte schüttelte den Regen aus ihren Haaren und musterte Mümmel mit missbilligenden Blicken. Dann machte sie die völlig durchgeweichte braune Papiertüte auf, die sie mitgebracht hatte. »Tatara!«, trompetete sie und zog eine Plastikflasche heraus.

Ich las die Aufschrift. »Das ist doch bloß Shampoo«, sagte ich.

»Tönungsshampoo. Wir wollen ja keine Farbe, die ewig hält. Die hier wäscht sich ziemlich schnell wieder raus.«

Charlottes Lächeln ließ deutlich erkennen, wie zufrieden sie mit sich war. »So müssen wir jedenfalls nicht dauernd damit rumlaufen, wenn's uns nicht gefällt.«

Ich streichelte Mümmel.

»Also, auf geht's.« Sie hielt die Flasche vor ihre Brust wie eine Flagge und ging die Treppe hinauf. »Ins Badezimmer«, sagte sie.

»Charlotte, das geht nicht.«

Sie blieb wie angewurzelt stehen. »Was?«

»Ich will nicht.«

Charlotte schaute mich an und ihr Gesicht lief rot an vor Wut. Sie hat eine sehr helle Haut, die wirklich gut zu roten Haaren passen würde. Aber sie kriegt überall ganz hässliche Flecken, wenn sie wütend ist. »Wie bitte? Da lauf ich den ganzen Weg im strömenden Regen hierher, und jetzt willst du mir erzählen, dass du es dir anders überlegt hast?«

»Ich hab nicht gesagt, dass du kommen sollst.«

»Jetzt stell dich nicht so an.«

»Und außerdem, Charlotte – es geht einfach nicht, selbst wenn ich wollte.«

»Warum nicht?«

»Wegen meiner Mom.«

»Wegen deiner Mom?« Charlotte kam die Treppe wieder heruntergestampft und funkelte mich an: »Willst du mich auf den Arm nehmen, oder was? Deine Mutter verbietet dir nie was, egal, was du anstellst.«

»Mir nicht, das stimmt. Aber ich weiß genau, was sie sagen würde, wenn sie jetzt da wäre.« Und das war die reine Wahrheit. Ich konnte Moms Worte jetzt schon hören.

Charlotte rührte sich nicht vom Fleck. »Und? Was würde sie sagen?«

»Das Gleiche wie damals, als du zum Abendessen hier warst und Wein in deinem Wasser haben wolltest, so wie ich. Sie würde sagen, dass wir deine Mom anrufen und um Erlaubnis fragen müssen. Dass sie es nicht zulässt, dass du in unserem Haus etwas machst, womit deine Mutter nicht einverstanden ist.«

Charlotte drehte die Flasche in ihrer Hand herum. »Deine Mom ist aber nicht da, Laurel. Und wir haben sie überhaupt nie gefragt. Und meine Mom hat mir nie gesagt, dass sie was dagegen hat, wenn ich mir die Haare färbe. Also, lass uns endlich anfangen, und zwar schnell, bevor deine Mom nach Hause kommt.«

»Nein«, sagte ich.

Charlotte seufzte. »Und dabei wollte ich dir gerade was ganz Wichtiges erzählen.«

»Was?«

»Etwas wegen deinem dämlichen Hasen da.«

Es hatte mich immer geärgert, dass Charlotte so wenig für meine Tiere übrig hatte, aber ich musste den Tatsachen ins Auge blicken: Manche Leute hatten einfach kein Verständnis für Tiere.

»Jetzt sag schon«, bohrte ich.

»Ich bin aber sauer auf dich.«

»Ach komm schon!«

Charlotte drehte sich zu mir um. »Also gut, von mir aus. Ich hab einen Paarungspartner für dein Karnickel gefunden.«

Freude schoss in mir hoch. Ich umarmte Charlotte und quetschte Mümmel aus Versehen so fest, dass sie sich aus meinen Armen herauskratzte und schnell in die

Küche zurückhoppelte. Ich hatte die ganzen letzten zwei Wochen, seit die Schule wieder angefangen hatte, vergeblich versucht, ein Männchen aufzutreiben.

»Und wer ist der Besitzer?«, fragte ich.

»Mein Cousin.«

»Dein Cousin?« Soviel ich wusste, hatte Charlotte nur einen Cousin, und dem war ich schon ein paar Mal begegnet. Ich schaute sie ein bisschen ratlos an. »Dein Cousin Eric?«

»Genau.«

»Dieser dreijährige Knirps, der nur rumquengelt?«

Charlotte grinste. »Er ist jetzt vier.«

»Aber Eric lebt in New York«, sagte ich. »Ehrlich, Charlotte, das nützt uns überhaupt nichts.«

»Er kommt zum Erntedankfest«, sagte Charlotte. »Und ich habe ihm das Versprechen abgenommen, dass er den Hasen mitbringt.«

»Bist du sicher, dass wir uns darauf verlassen können? Ich meine, versteht er überhaupt, was ein Versprechen ist?«

»Klar versteht er, was ein Versprechen ist«, sagte Charlotte.

Ich dachte nach. Wir hatten Mümmel Ende Juni gekauft. Damals war sie sechs Wochen alt. Jetzt hatten wir Mitte September und sie war volle vier Monate alt. Bis zum Erntedankfest würde sie sechs Monate alt sein, also im idealen Paarungsalter. Es war nicht gut, länger als sechs Monate zu warten. Weibchen, die älter als ein Jahr sind, wenn sie zum ersten Mal gedeckt werden, kümmern sich manchmal nicht um ihren Nachwuchs.

»Aber die Sache hat einen Haken«, sagte Charlotte. »Ich hab Eric gesagt, dass wir die ganze Zeit, solange er da ist, mit ihm spielen, wenn er sein Karnickel mitbringt.«

Ich stöhnte. Ich wollte schon sagen: »Wie konntest du bloß?«, aber dann wurde mir klar, was für ein Opfer Charlotte mir gebracht hatte. »Hast du das für mich getan?«, fragte ich stattdessen.

»Wozu hat man schließlich Freunde?«, sagte Charlotte.

Damit wollte sie mir etwas sagen. Sie wollte mir etwas zum Nachdenken geben, das merkte ich an der Art, wie sie es sagte, und an ihrer Haltung in dem Moment. Sie hatte ganz lässig die Hände in ihren Taschen – sofern man von lässig reden kann, wenn jemand seine Hände in ein paar klatschnasse Shortstaschen stopft.

»Und?«, sagte sie.

Ich schaute ihr direkt in die Augen. Wenn Charlottes Freundschaft groß genug war, dass sie mir zuliebe ihre Herbstferien ruinierte und mit Eric spielte, dann war es wohl nicht zu viel verlangt, dass ich mir mit ihr die Haare färbte. »Okay, Charlotte«, sagte ich. »Ich habe auch eine Idee.«

Ich ging in die Küche, um nachzusehen, ob alles in Ordnung war. Wie erwartet, saß Mümmel gut aufgehoben unter der Zwiebelkiste und nagte nach Herzenslust vor sich hin. Ich befestigte die Schranke, damit sie nicht wieder drüberhüpfen konnte. Dann ging ich zu Charlotte zurück, die mich vom Flur aus beobachtet hatte.

»Wenn du willst, können wir deinen Hasen auch färben«, sagte sie.

Ich gäbe was darum, wenn Charlotte ein bisschen mehr von Tieren verstehen würde. Dann wüsste sie nämlich, dass das keine gute Idee war. »Mümmel darf doch nicht so nass werden«, erklärte ich ihr. »Sie würde wahrscheinlich eine Lungenentzündung kriegen.« Ich lächelte Charlotte an, um ihr zu zeigen, dass ich es begriffen hatte. Sie überschlug sich vor gutem Willen ja geradezu. »Aber trotzdem – danke.«

Ich wischte meine Hände an meinen Shorts ab, zum Zeichen, dass ich bereit war. »Aber wir machen es draußen.« Ich ging zur Tür hinaus in den warmen Septemberregen, der kein bisschen nachgelassen hatte.

Charlotte lächelte und folgte mir, still und zufrieden.

Ich führte sie die Straße hinunter und um die alte, steinerne Kirche herum wieder zurück. Hier konnte uns niemand sehen hinter den hohen Hecken. Ich nahm ihr die Flasche aus der Hand und las die Gebrauchsanweisung laut vor. »Anwendung: Waschen Sie Ihre Haare wie mit einem normalen Shampoo.«

Ich schäumte meine Haare ein.

Charlotte lachte entzückt. »Eine Dusche im Freien.«

»Und auf neutralem Boden«, fügte ich hinzu und spuckte eine Ladung Regenwasser aus. Wir waren nicht in unserem Haus, also war ich auch nicht für Charlottes Taten verantwortlich.

Charlotte schäumte ihre Haare ebenfalls ein. Dann schüttete sie sich plötzlich den Rest der Flasche auf einmal über den Kopf.

»Du bist verrückt!«, rief ich, als ich sah, wie ihr der Schaum über das Gesicht lief. »Du bist total verrückt.«

»Ich will bloß auf Nummer Sicher gehen«, sagte Charlotte.

Schaumblasen quollen ihr beim Sprechen aus dem Mund.

»Und außerdem, du bist noch viel verrückter als ich. Ich meine, wer will schon das ganze Haus voller haariger Nagetiere haben?«

Ich lachte bei dem Gedanken an die Hasenbabys, die bald durch das ganze Haus hoppeln würden.

Wir mussten ungefähr fünf Minuten im Regen stehen und lauthals »Singin' in the Rain« singen, bis das Shampoo ganz aus meinem Haar herausgespült war. Und es dauerte noch weitere zwanzig Minuten, bis Charlottes Haar endlich zu blubbern aufhörte. Am Ende waren wir beide stockheiser. Und Charlottes weißes T-Shirt war ganz rosa von dem vielen Farbshampoo.

Charlotte nagte an ihrer Unterlippe und rubbelte an den rosa Flecken herum. Aber sie gingen einfach nicht heraus. »Das nächste Mal halte ich mich an die Gebrauchsanweisung«, sagte sie. Sie rubbelte noch heftiger. »Mom dreht durch, wenn sie das sieht.«

Ich legte meinen Arm um Charlottes Schultern. »So schlimm ist es auch wieder nicht. Vielleicht merkt sie es gar nicht.«

»Und ob sie es merkt«, sagte Charlotte. Dann warf sie den Kopf in den Nacken. »Aber das sind mir die roten Haare wert.«

Als wir nach Hause zurückgingen, ließ der Regen ein bisschen nach. Ich sah Moms Auto in der offenen Garage stehen.

»Vielleicht können wir Arthur dazu überreden, dass er am Erntedankfest mit Eric spielt«, sagte ich.

»Obwohl Eric ihn gebissen hat?«

»Er ist nicht nachtragend«, behauptete ich und fragte mich, wie ich Arthur dazu bringen konnte.

Wir machten einen kleinen Umweg über die Einfahrt der Nachbarn, um die Shampooflasche in ihrem Mülleimer loszuwerden. Ich war zwar klatschnass, aber glücklich. Mümmel würde einen Paarungspartner bekommen. Charlotte hatte Recht: Was auch immer ihre Mutter zu unserer Shampoo-Aktion sagen würde – die Sache hatte sich gelohnt. Hasenbabys waren jeden Ärger wert.

Ich winkte Charlotte zum Abschied. Dann gingen wir getrennt nach Hause. In Anbetracht der Umstände war es nicht ratsam, mehr als einer Mutter auf einmal unter die Augen zu treten.

## *Mäxchen*

Der Gedanke, Hasen zu züchten, war mir ganz plötzlich gekommen. Eines Tages, als ich allein in einer Ecke meines Zimmers saß und Mümmel zeichnete, musste ich an Charleston in seinem Hasennest denken. Und im selben Moment war mir klar, dass ich genauso ein Nest voller Hasenbabys in dieser Ecke haben wollte. Ich wollte Mümmel decken lassen.

Aber dann, als Charlotte verkündete, dass sie ein Männchen aufgetrieben hätte – an dem Tag, an dem wir uns die Haare färbten –, war ich plötzlich voller Zweifel. (Ach ja, übrigens – als Charlottes Haare trocken waren, sahen sie ungefähr eine Woche lang ziemlich rosa aus. Sie stellte sich in die Sonne und sagte, das wäre ein erdbeerroter Glanz, bis die Haare wieder zu ihrem normalen Blond ausgewaschen waren. Meine Haare dagegen blieben so schokoladenbraun wie immer. Meine Mom trug die ganze Sache mit Fassung. Charlottes Mom war eine Woche lang sauer – hauptsächlich wegen dem T-Shirt).

Auf jeden Fall kam mir die Nachricht unglaublich vor. Obwohl ich natürlich ganz aufgeregt war. Aber irgendwie konnte ich mir nicht vorstellen, dass mein Plan so einfach funktionieren würde – so mühelos. Selbst als

Charlotte mir versicherte, dass sie Eric zweimal am Telefon daran erinnert hatte, seinen Hasen mitzubringen, war ich fest überzeugt, dass ich ihn nie zu Gesicht bekommen würde. Und so saß ich am Mittwochabend, am Tag vor dem Erntedankfest, am Fenster im Wohnzimmer und schaute mit dunklen Vorahnungen auf unseren erleuchteten Hausweg hinaus: Eric würde nie auftauchen.

Dad saß mit geschlossenen Augen hinter mir auf der Couch und hörte Mozart. Arthur war weiß-der-Kuckuck-wo. Und Mom hing oben am Telefon. Seit ich denken kann, verbringt unsere Großmutter Nini Weihnachten bei uns und das Erntedankfest bei Tante Lizzy in South Carolina. Deshalb telefonierte Mom jetzt mit Nini und nachher würde sie noch mit Tante Lizzy reden. Dann würden Arthur und ich ans Telefon gerufen werden, und jeder von uns würde ein paar Worte zu Nini, dann zu Tante Lizzy sagen. Das war ein Ritual. Ich passte auf, damit ich Mom hörte, falls sie mich rief, und stellte mich auf eine lange, vergebliche Wartezeit ein.

Aber kaum waren ein paar Minuten vergangen, da tauchte auch schon Charlotte auf und kam den Weg zu unserer Haustür heraufmarschiert. Mit der einen Hand fuchtelte sie beim Reden in der Luft herum, während sie die andere auf Erics Kopf liegen hatte.

Ich machte die Tür auf. »Hast du deinen Hasen mitgebracht, Eric?«, fragte ich.

Charlotte nickte heftig mit dem Kopf und antwortete für ihn: »Klar hat er. Und Mäxchen ist riesig.«

Erics Hase hieß also Mäxchen. Ich gab mir Mühe, nicht zu zeigen, wie angewidert ich war. Schließlich war Eric erst vier, also konnte man es ihm verzeihen. Die beiden kamen herein, und ich schloss die Tür hinter ihnen und zog sie schnell in den Flur.

Charlottes Kommentar hatte mir einen Schrecken eingejagt. Mümmel war ein Zwergkaninchen. Das ist die einzige Kaninchenart, die in Mr. Caldwells Tierhandlung verkauft wird, und Mr. Caldwells Tierhandlung ist die einzige, die ich mit dem Fahrrad erreichen kann. In dem Buch, das ich von A bis Z durchgelesen hatte und in dem angeblich alles Wissenswerte über die Aufzucht von Kaninchen stand, hieß es, dass das Weibchen möglichst größer sein sollte als das Männchen, damit er sie beim Paarungsakt nicht zerquetschte. Aber es stand nirgends, dass es nicht funktionieren würde, wenn das Männchen größer war. Schließlich paarten sich große und kleine Hunde andauernd. Also konnten wir es ja wenigstens versuchen. Ich würde schon dafür sorgen, dass Mümmel nichts passierte.

Eric hüpfte von einem Fuß auf den anderen. Charlotte ließ ihre Hand von seinem Kopf herunterrutschen, doch er griff schnell nach ihr und legte sie wieder zurück.

Arthur kam in seinem Pyjama um die Ecke. Er blieb halb hinter mir stehen und schaute sich das Ganze aus sicherer Entfernung an. »Hi, Eric.«

»Eric beißt nicht mehr«, sagte Charlotte.

Ich schaute Eric an. Eric starrte Arthur an. Arthur räusperte sich und fragte: »Wann gehst du wieder, Eric?«

»Er ist doch gerade erst gekommen«, sagte Charlotte.

Ich ergriff jetzt das Wort. »Er meint, wie lange du hier bleibst, Eric?«

Charlotte tätschelte sein Haar mit der Hand, die offenbar unwiderstehlich von dem Kopf angezogen wurde, und redete wieder für ihn: »Bis Samstagmorgen.«

»Ich schätze, dann müssen wir uns gleich morgen in aller Frühe an die Arbeit machen«, sagte ich.

»In aller Frühe?« Charlottes Gesicht bekam vor Empörung die rosanen Flecken. »Morgen ist unser erster Ferientag. Ich stehe auf gar keinen Fall vor zehn Uhr auf.«

»Es heißt, dass drei Paarungen optimal sind«, sagte ich in geschäftsmäßigem Ton. »Und sie sollten ungefähr acht Stunden auseinander liegen.« Ich rechnete schnell nach. »Wenn wir die erste um zehn ansetzen, könnten wir die zweite um sechs und die dritte um zwei machen.«

Charlotte blieb das Gesicht stehen. Dann dämmerte es ihr plötzlich. »Du meinst zwei Uhr morgens?«

Ich tat so, als ob es überhaupt nichts Besonderes wäre, um zwei Uhr morgens aufzustehen. »Wenn wir den Plan einhalten, hat Mäxchen Zeit genug, seine Spermaproduktion anzukurbeln, und Mümmel hat gute Chancen, trächtig zu werden.«

»Ich stehe ganz bestimmt nicht um zwei Uhr morgens auf«, sagte Charlotte. Ihre Wangen waren jetzt knallrot.

»Aber wir müssen die Anweisungen in dem Buch befolgen«, sagte ich. »Und außerdem – wie war das noch mit dem rosa T-Shirt, das früher mal weiß war?«

Charlottes Augen wurden ganz groß. »Du bist gemein.«

»Hmm, vielleicht – aber es ist wahr. Du hast gesagt, dass du nächstes Mal die Anweisungen befolgst.«

Charlotte stand reglos wie eine Statue da. Eine wütende Statue.

»Zeig mir dein Buch«, verlangte sie.

Das brachte mich ein bisschen aus der Fassung. »Und so was nennst du Vertrauen, Charlotte?«, sagte ich.

»Ich will diese sagenhaften Anweisungen selber lesen«, beharrte sie.

Ich ging nach oben, mit Arthur im Schlepptau, der mir keinen Millimeter von der Seite wich. Ich schätzte, Charlotte hatte ihn nicht ganz davon überzeugen können, dass Eric nicht mehr biss.

Das Buch war unter meinem Kissen. Ich brachte es hinunter.

Wir setzten uns alle ins Wohnzimmer und ich schlug das Buch an der richtigen Stelle auf. Charlotte beugte sich herüber und wollte mitlesen, was ziemlich schwierig war, weil Eric zwischen uns saß.

»Da, schau«, sagte sie.

»Schau was?«, sagte ich und tat so, als ob ich nicht wüsste, wovon sie redete.

»Da, gleich hier. In der vierten Zeile von oben. Da steht: »Acht Stunden ist der optimale zeitliche Abstand zwischen zwei Paarungen.«

»Das hab ich doch gerade gesagt.« Ich zerrte an dem Buch.

»Nein, hast du nicht«, sagte Charlotte und hielt das Buch fest. »Und hier, schau mal weiter unten. Da steht, bis zu zwölf Stunden Abstand ist auch noch gut. Na, was sagst du jetzt?«

»Wir brauchen aber den optimalen Abstand«, sagte ich mit meiner unerbittlichsten Stimme. »Wenn man etwas macht, dann soll man es richtig machen. Oder?« Aber während ich das sagte, musste ich die ganze Zeit daran denken, dass Mäxchen so riesig war und Mümmel bloß ein Zwerg und dass ich mich selbst ja nicht an die Anweisungen hielt.

»Zwölf Uhr ist in Ordnung«, murmelte Charlotte vor sich hin und runzelte dabei die Stirn. »Das bedeutet, wenn wir die erste Paarung morgen Mittag um zwölf machen und dann wieder um acht Uhr abends, dann kann es am nächsten Tag morgens um acht Uhr weitergehen.« Sie kratzte sich mit der freien Hand am Kopf. »Ich denke, ich kann es schaffen, am Freitag um acht Uhr aufzustehen. Oder du machst es alleine.«

»Jetzt reißt du wieder alles an dich, Charlotte«, meckerte ich. »Dabei ist es doch mein Hase.«

»Aber es ist *mein* Schlaf«, sagte Charlotte. Sie nickte mit dem Kopf. »Ja, genau – ich glaube, jetzt hab ich's: Wir setzen die erste Paarung für morgen Nachmittag um zwei an, die nächste am selben Tag um zehn Uhr abends und die letzte am Freitag Morgen um zehn. Na also.« Sie lehnte sich mit einem zufriedenen Ausdruck im Gesicht zurück. »Das ist viel besser.«

»Aber Charlotte«, jammerte ich, »Charlotte, hör doch, da bleibt uns überhaupt keine Zeit für einen zusätzlichen Versuch, falls wir einen brauchen.«

»Was soll das denn wieder heißen?«

»Na, wenn nun was schief geht? Dann müssen wir es noch mal versuchen.«

»Was könnte denn schief gehen?«, wollte Charlotte wissen.

»Ach, alles Mögliche«, sagte ich. »Vielleicht hat Mäxchen keine Lust.«

»Oh doch, er hat Lust«, sagte Charlotte. »Und wenn nicht, was sollen wir dann machen? Mümmel irgendwie sexy anziehen?« Sie kicherte.

Arthur kicherte auch, obwohl ich sicher war, dass er keine Ahnung hatte, worum es ging.

Eric saß da, ohne eine Miene zu verziehen, und starrte Arthur an. Er fand nichts komisch an der Sache. Ich fing an, den kleinen Jungen zu mögen.

»Es gibt noch andere Dinge, die schief gehen könnten«, sagte ich.

»Zum Beispiel?«

Ich seufzte laut. »Zum Beispiel könnte Mäxchen irgendwie durcheinander sein und Mümmel nicht auf die richtige Weise besteigen.«

Charlotte schaute mich überrascht an. »Du meinst, so was kommt tatsächlich vor?«, fragte sie.

»Es hat schon solche Fälle gegeben«, erwiderte ich.

Charlotte kicherte wieder. »So was Dämliches.«

Arthur brach in schallendes Gelächter aus.

Eric starrte Arthur weiter an. Eric schien sich wirklich als netter Junge zu entpuppen. Er wurde mir mit jeder Minute sympathischer.

»Jetzt hör mal zu, Charlotte. Es gibt noch eine Menge anderer Dinge, die schief gehen könnten«, wiederholte ich.

»Zum Beispiel?«, sagte sie wieder, genau wie ich es erwartet hatte.

»Es hat keinen Sinn, dir das zu erzählen. Du machst dich ja doch bloß über alles lustig. Ich will, dass wir früher anfangen, und damit basta.«

»Wie viel früher?«, fragte Charlotte mit einem scharfen Unterton.

»Ich bin dafür, dass wir auf deinen ersten Plan zurückgreifen – den um zwölf und um acht und dann wieder am Freitagmorgen.«

»In Ordnung.« Charlotte nickte. Dann schaute sie mich feierlich an. »Aber da ist noch etwas, was ich dir über Mäxchen sagen muss.«

»Was?«

»Er ist … also, ich glaube … äh … er ist nicht so ganz richtig …«

»Wieso? Was ist los mit ihm?«, fragte ich erschrocken.

»Seine Ohren.«

Ich dachte an den Riss in Mümmels Ohr und lächelte. Es traf sich gut, dass Mümmels Paarungspartner auch etwas Komisches an seinen Ohren hatte. Vielleicht war er doch der richtige Partner für sie.

Ja, vielleicht würde die Sache mit der Kaninchenzucht doch noch funktionieren. »Was ist mit seinen Ohren?«, fragte ich.

Charlotte sah aus, als ob sie sich plötzlich zu einem Entschluss durchgerungen hätte, und stand auf. »Das wirst du schon sehen.«

Eric sprang neben ihr auf und behielt Charlottes Hand auf seinem Kopf.

»Warum hast du deine Hand auf Erics Kopf?«, fragte ich Charlotte.

»Weil er sie dort haben will«, sagte sie.

»Warum?«, fragte ich.

»Ich weiß es nicht«, sagte Charlotte.

Arthur beugte sich hinter mir vor. »Eric, warum willst du, dass Charlotte ihre Hand auf deinen Kopf legt?«

Ich schaute Eric an. Er hatte die ganze Zeit kein Wort gesagt, und ich fragte mich, ob er vielleicht ein Schweigegelübde abgelegt hatte, wie im Kloster.

Eric starrte Arthur an. »Weil ich es mag.«

Nachdem sie fort waren, gingen Arthur und ich nach

oben. Dad nahm uns auf dem Treppenabsatz in Empfang und brachte uns ins Bett. Mom kam nicht, um uns einen Gutenachtkuss zu geben, obwohl ich wusste, dass sie zu Hause war. Das war ein komisches Gefühl. Aber Dad sagte, dass sie sich aufgeregt hätte und früh ins Bett gegangen sei. Ich lag da und fühlte mich irgendwie unvollständig – so wie ich mich immer fühle, wenn ich etwas verliere.

Dann fiel mir auf einmal ein, dass Arthur und ich gar nicht ans Telefon gerufen worden waren, um mit Großmutter Nini und Tante Lizzy zu sprechen. Das war auch komisch.

Dann dachte ich wieder an die Hasen. Ich fragte mich, wie Mäxchens Ohren wohl aussahen. Und ob Mümmel ihn mögen würde. Und wie die Babys aussehen würden. Es kam mir wie eine Ewigkeit vor, bis ich endlich einschlief.

Am Donnerstag um Viertel vor zwölf machten Arthur und ich uns auf den Weg zu Charlottes Haus. Wir wickelten Mümmel in ein dickes Handtuch ein, um sie gleichzeitig warm und ruhig zu halten. Arthur trug sie, weil ich beim Gehen meine rechte Hand auf seinem Kopf liegen lassen musste.

Charlotte und ich hatten uns die Arbeit aufgeteilt. Sie musste mit Eric am Donnerstag- und am Freitagvormittag spielen und ich war am Donnerstag- und Freitagnachmittag an der Reihe. Die Vormittagsschicht war kürzer, weil Charlotte spät aufstand. Aber ich war ganz zufrieden mit dieser Einteilung, besonders weil ich Arthur dazu überredet hatte, an meiner Stelle mit Eric zu spielen. Als Gegenleistung musste ich meine Hand auf seinen Kopf legen, wann immer er es verlangte.

Dummerweise hatte ich zur Zeit nichts, womit ich Arthur erpressen konnte. Die Sache mit der Maispfeife, die er in South Carolina auf dem Toilettenboden des Ladens gefunden hatte, zählte nicht mehr. Er hatte die Pfeife schon längst verloren.

Es war besser, wenn Mümmel in Mäxchens Käfig ging, anstatt er in ihren, weil Weibchen manchmal ihr Revier verteidigen und auf ein Männchen losgehen, wenn es in ihren Käfig eindringt. Die meisten Männchen aber haben anscheinend nichts dagegen, ein Weibchen in ihr Revier zu lassen. Ich nahm Dads dicke Gärtnerhandschuhe mit, damit ich, falls irgendwas Schlimmes passierte, Mümmel schnell aus dem Käfig herausreißen konnte, ohne allzu fest gebissen zu werden.

Eric und Charlotte warteten auf uns. Wir gingen alle zusammen schnurstracks in Charlottes Garage, wo Mäxchen gleich neben der Tür seines Käfigs saß, so als ob auch er auf uns gewartet hätte. Er war der größte Widder-Hase, den ich je gesehen hatte. Rundum cremefarben mit schokoladenbraunen Zeichnungen auf allen vier Pfoten. Eine richtige Schönheit!

Charlotte kaute auf ihrer Unterlippe herum. »Was

sagst du zu seinen Hängeohren? Findest du sie sehr schlimm?«

»Seine Ohren sind prächtig«, sagte ich. »Er ist ein Widder-Hase. Und bei Widder-Hasen müssen die Ohren so riesig sein und an der Seite runterhängen.«

»Oh«, sagte Charlotte und lächelte. »Umso besser.« Sie lachte. »Meinst du, die Babys kriegen auch solche Ohren?«

»Ich weiß nicht«, sagte ich. In meinem Buch stand nichts darüber.

Eric machte Mäxchens Käfigtür auf und Arthur setzte Mümmel hinein.

Ich hielt mich bereit, um Mümmel notfalls herauszuziehen.

Aber anscheinend machte es ihr nichts aus. Und Mäxchen verlor keine Zeit. Nach wenigen Sekunden war ich auf dem besten Weg, Großmutter zu werden.

## *Wunde Hände*

Es war nicht möglich, mit Sicherheit festzustellen, ob Mümmel trächtig geworden war. In dem Buch stand, wenn man ein Weibchen nach der Paarung mit einem Männchen in einen Käfig setzt und das Weibchen in einer Ecke kauert und schreit oder sich wie verrückt gegen das Männchen wehrt, dann ist es trächtig. Wenn es dagegen das Männchen akzeptiert, ist es nicht trächtig. Aber eine Woche nach der Paarung war Mäxchen längst wieder weit weg in New York. Ich zeichnete ein Bild von ihm und heftete es mit Tesafilm an Mümmels Käfig, damit sie ihn jeden Tag anschauen konnte.

Ich behielt Mümmel im Auge und achtete auf alles, was irgendwie anders an ihr war, auf jedes noch so winzige Anzeichen, dass die Paarung erfolgreich gewesen war. Aber soweit ich es beurteilen konnte, war sie wie immer. Sie war genauso lieb und verschmust wie sonst und sie fraß auch genau dieselben Mengen. Ich maß ihre Mischung aus Crispys (Chereos waren zu teuer für ein Kaninchen, meinte Mom), Welpenfutter und Kaninchen-Futter sorgfältig ab, um sicherzugehen, dass ihr Appetit sich nicht verändert hatte. (Ich hatte das Rezept für ihre tägliche Mischung selbst erfunden und war stolz darauf. Sie enthielt alle wichtigen Nährstoffe, die ein gesundes Kaninchen braucht. Oder vielmehr, sie enthielt alle wichtigen Nährstoffe, die man in Trockenfutter unterbringen kann. Aber sie bekam natürlich auf Frischfutter.)

Ich hatte nur den Eindruck, dass Mümmel vielleicht mehr trank als sonst. Besonders, seit sie so viel Salz zu sich nahm. Ich hatte einen runden Salzstein an eine Seite ihres Käfigs gehängt, direkt neben meine Zeichnung von Mäxchen, und sie hatte ihn schon fast ganz aufgeleckt.

Wie auch immer, ich beschloss, dass wir sie so behandeln würden, als ob sie trächtig wäre – nur für alle Fälle. Ich ging also in den Keller, suchte ein bisschen Holz zusammen und baute ihr ein Wurfhäuschen, das ungefähr dreißig mal vierzig Zentimeter groß war und etwa zehn Zentimeter hoch. Ich nahm eine von Dads abgelegten alten Boxer-Shorts aus dem Lumpenhaufen und stopfte sie hinein. In dem Buch stand, dass sie etwas Weiches wie Wolle oder Kleiderstoff brauchte, um ein Nest zu bauen. Mümmel ignorierte Dads Boxer-Shorts (vielleicht war das nicht die beste Wahl gewesen), also tat ich eine Ladung alter Blätter dazu, die ich aus der Garage herausgefegt hatte.

Mümmel fraß schnell alle Ahornblätter auf, die sie finden konnte. Aber sie dachte gar nicht daran, etwas zu bauen, das auch nur annähernd an ein Nest erinnerte.

Ungefähr zwei Wochen nach dem Erntedankfest stand ich draußen neben Mümmels Käfig, als Mom nach

Hause kam und mich rief. Ich sollte ihr helfen, die eingekauften Lebensmittel hereinzutragen. Als ich die Einkäufe auf dem Tisch ausbreitete, legte ich ein paar Bananen und Erdbeeren beiseite. Mom merkte es sofort. »Was hat das zu bedeuten, Laurel?«, fragte sie.

»Trächtige Kaninchen mögen Bananen«, sagte ich. »Das steht in meinem Buch.«

Mom schaute sich die Bananenstaude an. Sie nahm eine in die Hand, die ein bisschen zerquetscht war, und brach sie ab. »Also gut, aber nicht mehr als eine halbe pro Tag.«

Sie legte die restlichen Bananen auf den Kühlschrank, wo wir sie normalerweise aufbewahren. Dann schaute sie auf die Erdbeeren. »Steht in deinem Buch auch, dass trächtige Kaninchen Erdbeeren fressen?«

»Nein. Aber als du mit Arthur schwanger warst, hast du tonnenweise Erdbeeren gegessen.«

»Du warst doch damals erst vier Jahre alt«, sagte Mom. »Komisch, dass du dich noch daran erinnerst.«

»Ich werde es nie vergessen«, sagte ich. »Du hast sie immer mit mir geteilt.«

Mom lachte. »In Ordnung. Der Gedanke gefällt mir.« Sie hielt mir das Körbchen unter die Nase. »Hier, Laurel. Zwei pro Tag. Und wenn du den Eindruck hast, dass sie sie nicht mag, dann hör auf damit.«

Ich schnitt die Banane in zwei Hälften und legte eine davon für den nächsten Tag auf den Fenstersims. Dann ging ich hinaus und fütterte Mümmel die andere Hälfte und die Erdbeeren. Sie fraß alles bis auf den letzten Bissen genüsslich auf.

Es war jetzt jeden Tag so ungefähr dasselbe. Ich fuhr zur Schule und raste wieder nach Hause, um nach Mümmel zu schauen. Sah sie irgendwie dicker aus? Manchmal war ich ganz sicher. Aber wenn ich sie dann im Arm hielt, fühlte sie sich nicht dicker an. Ihr Fell wurde dicker, aber das lag vielleicht daran, dass der Winter kam. Julie, ein Mädchen aus meiner Klasse, machte eine Geburtstagsparty, und ich schnappte mir schnell alle Bänder von ihren Geschenken, bevor sie sie wegwerfen konnte. Ich dachte mir, dass sie dem Hasennest eine festliche Note geben würden. (Als wir Bianca noch hatten, legte ich ihren Käfigboden mit Geschenkpapier aus, wann immer ich konnte. Das sah viel fröhlicher aus.) Aber die Bänder blieben unberührt in Mümmels Wurfkiste liegen, und Mümmel schlief in der Ecke des Käfigs, die am meisten Sonne abbekam – es war auch die Ecke, die am weitesten von der Wurfkiste entfernt war.

Am fünfzehnten Dezember biss mich Mümmel. Es war genau drei Wochen nach dem Erntedanktag, und ich griff hinein, um sie für ihren täglichen Ausflug auf dem Küchenboden herauszuholen, und da biss sie mich. Einfach so. Bah. Ich machte einen Luftsprung vor Schreck, aber zum Glück ließ ich sie nicht fallen. Ich setzte sie in ihren Käfig zurück und sang ihr ein Lied über den Wind vor, das ich mir schon vor langer Zeit ausgedacht hatte. Ich habe es immer Arthur vorgesungen, als er noch klein war und sich so oft wehgetan hat. Ich dachte mir, dass es Mümmel jetzt vielleicht auch beruhigen würde.

Mümmel hoppelte um den Käfig herum. Ich rieb meine schmerzende Hand und sang. Mümmel sprang in die Wurfkiste und machte die seltsamsten Sachen. Sie wühlte ihren Kopf unter die Blätter und warf sie hoch in die Luft, so dass die Blätter alle auf ihren Rücken herunterfielen. Sie führte sich wie eine Wahnsinnige auf. Ich drückte den Biss an meiner Hand und sang mir das Herz aus dem Leib.

Nach einer Weile ging ich ins Haus. Ich wollte Mom fragen, was sie von Mümmels Blätteraufwirbeln hielt. Aber Mom telefonierte mit Tante Lizzy. Mom telefonierte ziemlich oft in letzter Zeit. Und Dad war noch nicht zu Hause.

Ich wusste genau, dass in meinem Buch nichts von einem derartigen Verhalten stand. Aber ich schaute vorsichtshalber trotzdem noch einmal nach. Nichts. Stattdessen merkte ich, dass die Leihfrist für das Buch längst abgelaufen war. Ich hatte es seit September immer wieder neu ausgeliehen, jedes Mal für zwei Wochen. Mrs. Lichtenberg, die Bibliothekarin, sagte, das könnte ewig so weitergehen, solange niemand das Buch verlangte. Es war fast fünf Uhr, und ich musste nachher in der Küche helfen, aber ich hatte gerade noch genug Zeit, um mit dem Fahrrad zur Bibliothek zu rasen, meine Strafgebühr zu bezahlen und die Leihfrist zu verlängern. Das tat ich dann auch.

Am nächsten Tag erzählte ich in der Sportstunde Charlotte von Mümmels komischem Getue mit den Blättern. Ich duckte den Kopf, warf ihn zurück und bog mein Rückgrat durch, damit Charlotte sich die Sache auch richtig vorstellen konnte. Wir hatten uns zu einem Staffellauf in einer Reihe aufgestellt, also hatte ich Platz genug, um es richtig vorzuführen.

Nach dem Staffellauf (den meine Mannschaft verlor), blies Mrs. Schachner in ihre Trillerpfeife. »Also, Kinder, ihr seid heute alle beim Skoliose-Test dran. Die Jungen in den Jungen-Umkleideraum, die Mädchen in den Mädchen-Umkleideraum. Und wenn ihr dort seid, Hemd ausziehen. Geht jetzt!«

Bei den Worten »Hemd ausziehen« lief ein unterdrücktes Kichern durch die Turnhalle. Die ganze Klasse war versammelt, und was unter den Hemden verborgen lag, wurde allmählich ziemlich wichtig für uns. Was unter meinem Hemd verborgen lag, war zwar nicht der Rede wert, aber bei Julie »knospte es bereits« (wie Dad sagt), ebenso bei Kristen und Amy. Ich ging in den Umkleideraum und kauerte in einer Reihe mit Charlotte, die Arme fest vor der Brust verschränkt. Als ich endlich dran war, beugte ich mich vor und ließ meinen Oberkörper ganz natürlich nach vorne fallen, wie es die Schulschwester verlangte.

»Jetzt richte dich bitte wieder auf, mein Kind«, sagte sie.

Ich richtete mich auf.

»In Ordnung, und jetzt stell deine Füße so zusammen.«

Ich stellte meine Füße so zusammen wie sie.

»Jetzt stell dich ganz gerade hin, ganz entspannt, und lass deinen Oberkörper aus der Hüfte nach vorne fallen.«

Ich hatte über zehn Minuten in der Reihe gestanden und zugesehen, wie die Mädchen vor mir untersucht wurden. Also wusste ich sofort, dass etwas nicht stimmte. Niemand außer mir hatte den Test wiederholen müssen. Meine Brust krampfte sich vor Angst zusammen. Ich hatte keine Ahnung, was Skoliose überhaupt war, aber ich wusste, dass ich es nicht haben wollte. Ich versuchte, mich zu entspannen. Meine Wangenmuskeln zuckten. Ich bekam einen Krampf in den Schultern und ließ den Oberkörper von der Hüfte aus so schnell nach vorne fallen, dass ich stolperte und mit dem Kopf auf dem Boden aufschlug.

»Bist du in Ordnung, mein Liebes?« Die Krankenschwester hielt mich jetzt am Ellbogen fest und betrachtete die Beule auf meiner Stirn, die zusehends größer wurde.

»Ich bin bloß gestolpert«, sagte ich. Ich schaute mich nach Charlotte um, aber sie war davongestürzt, so wie die anderen Mädchen vor mir in der Reihe, um ihr T-Shirt zu schnappen und davonzufliegen – glücklich und skoliosefrei.

»Gut, jetzt setz dich einen Augenblick auf die Bank

hier, und dann untersuche ich dich nachher gleich noch mal.«

Ich saß also da, nackt bis zur Taille, zutiefst gedemütigt, mit einem pochenden Schmerz in der Stirn, während die letzten drei Mädchen untersucht wurden. Bei ihnen ging es zack zack (wie Mom sagen würde). Keine musste sich entspannen und es noch einmal versuchen.

Endlich kam ich wieder an die Reihe, und nachdem sie mich noch einmal untersucht hatte, kritzelte die Schwester etwas auf einen Zettel und drückte ihn mir in die Hand. »Das gibst du deiner Mutter. Sie soll einen Termin bei deinem Kinderarzt für dich ausmachen.«

Ich faltete den Zettel sorgfältig zusammen und steckte ihn in meine Hosentasche. Ich wollte ihr die nahe liegende Frage stellen, aber die Mühe lohnte sich nicht. Ich kannte die Antwort.

Als ich mich wieder angezogen hatte und in den Flur hinausging, stand Charlotte draußen und wartete auf mich. Sie war ganz ernst. Sie stellte mir keine Fragen (die gute alte Charlotte), sondern hielt sich bloß dicht neben mir. So gingen wir zusammen ins Klassenzimmer zurück.

Endlich war der Tag vorbei, und als ich die Schultreppe hinunter in Richtung Hintertür ging, kam ich an Richard vorbei, einem Jungen aus meiner Klasse.

Richard blieb vor mir stehen und schaute mich mit verwunderten Augen an. »Du warst doch mal ganz in Ordnung, oder?«

Ich wusste nicht, was ich darauf sagen sollte, und schaute ebenso verwundert zurück.

»Dann hast du in der zweiten Klasse die Zahnspange in deinem Mund gekriegt und letztes Jahr die Brille. Und jetzt hast du auch noch Skorbut.« Er sah aus, als ob ihm seine eigenen Worte Angst einjagten. »Du warst mal völlig in Ordnung, genau wie ich. Und jetzt schau dich an.« Er stolzierte langsam an mir vorbei. Dann rannte er blitzschnell die Treppe hinauf.

Ich mag Richard nicht. Obwohl ich auch nichts gegen ihn habe; er war bloß nie ein wichtiger Mensch in meinem Leben. Es gab also keinen Grund, warum es mir etwas ausmachen sollte, was er sagte oder dachte. Und erst recht keinen Grund, dass ich den ganzen Heimweg mit den Tränen kämpfte.

Ich blieb vor Mümmels Käfig stehen, ließ meinen Rucksack auf den Boden fallen und griff hinein, um sie zu streicheln. Sie blieb ganz still sitzen und schaute mich an. Aber als ich meine Hände unter ihre Vorderpfoten schob und sie herausziehen wollte, schnappte sie kurz nach mir. Es war eine Warnung. »Mümmel«, sagte ich, »merkst du denn nicht, dass ich dich jetzt brauche?«

Mümmel sagte nichts.

Überhaupt muss ich sagen, dass die einzigen Geräusche, die ich je von einem Kaninchen gehört habe, die kehligen kleinen Schreie waren, die Mäxchen von sich gab, als er sich mit Mümmel paarte. Ich fragte mich jetzt, ob Mümmel vielleicht stumm war. Dann wäre sie auch behindert, so wie ich. Wir würden gut zusammenpassen. Mümmel sprang in ihr Wurfhäuschen und schleuderte Blätter herum wie eine Besessene. Ich sagte mir, dass sie langsam verrückt wurde.

Als Mom den Zettel der Krankenschwester gelesen hatte, rief sie sofort in der Praxis von Frau Dr. Shy an. Mom schaute mich über den Telefonhörer hinweg an, während sie darauf wartete, dass die Helferin am anderen Ende der Leitung einen Termin in ihrem Kalender fand. »Hast du Angst?«, fragte sie mich.

Ich nickte. Eine dumme Frage. Ich wartete darauf, dass Mom sagte, es würde bestimmt alles in Ordnung kommen.

»Ich habe auch Angst«, sagte sie.

Darauf war ich nicht gefasst. Mein Magen erstarrte zu Eis. Mom schaute aus dem Fenster und sagte vor sich hin: »Erst Tante Lizzy. Und jetzt du. Was wird als Nächstes kommen?«

»Hat Tante Lizzy auch Skoliose?«, fragte ich.

Mom schaute mich verdattert an. »Nein, natürlich nicht«. Dann redete sie wieder ins Telefon. »Ja. Aber das ist noch zu weit hin.« Schweigen, während Mom zuhörte. »Nein, ich will nicht, dass Laurel so lange warten muss.« Schweigen. Mom kaute an ihrer Unterlippe. »Dann möchte ich bitte mit Rosemary selber sprechen.« Rosemary ist der Vorname von Frau Dr. Shy. Mom seufzte und sackte halb zusammen. Dann richtete sie sich plötzlich auf. »Ja, sicher. Das können wir einrichten. Ausgezeichnet. Ich danke Ihnen.« Sie legte auf.

»Schnapp dir deine Hausaufgaben. Ich hole Arthur. Frau Dr. Shy nimmt dich schon heute Nachmittag dran, aber es kann sein, dass wir lange warten müssen.«

Also warteten wir auf Frau Dr. Shy. Es dauerte eine ganze Weile, bis Arthur sich dazu entschließen konnte, unter meiner Hand hervorzukommen (er lief neuerdings immer mit meiner Hand auf seinem Kopf neben mir her, wie er es bei Eric gesehen hatte), aber dann kletterte er in dem zweistöckigen Spielzeughaus im Wartezimmer herum. Es war für kleine Kinder gedacht und Arthur war zu groß dafür; er konnte sich kaum durch die kreisrunden Löcher in den Wänden des ersten Stockwerks durchquetschen. Aber wenigstens war er vergnügt. Ich nicht.

Wir warteten noch eine Weile länger. Und dann noch eine Weile. Endlich rief mich Frau Dr. Shy herein und ich musste mich wieder nach vorne beugen. Sie nahm ein kleines Plastikding und maß meinen Rücken. Es stellte sich heraus, dass der obere Teil meines Rückens eine Krümmung von 4,5 in die eine Richtung hatte und der untere Teil meines Rückens eine Krümmung von 3 in die entgegengesetzte Richtung.

»Ich bin nicht allzu sehr beunruhigt«, sagte Frau Dr. Shy, als ich mich auf den Behandlungstisch legen musste. Sie zog ein gewöhnliches Maßband hervor. »Und du brauchst dir auch keine Sorgen zu machen.« Sie maß meine Beine.

»Was machen Sie denn da?«, fragte Mom, was idiotisch war, weil jeder sehen konnte, dass die Ärztin meine Beine maß.

»Wenn ein Bein länger ist als das andere, verbiegt sich der Rücken«, sagte Frau Dr. Shy. »Das ist eine ziemlich häufige Ursache für Skoliose und eine, die sich leicht beheben lässt. Aber Laurels Beine sind gleich lang.«

Jetzt maß sie meine Arme. Ich fragte mich, ob Frau Dr. Shy verrückt geworden war, so wie Mümmel. Ich ging ja schließlich nicht auf den Händen, es gab also keinen vernünftigen Grund, warum die Länge meiner Arme sich irgendwie auf meinen Rücken auswirken sollte. Es sei denn, ich würde mich auf die Seite lehnen, wenn ein Arm länger war als der andere, und deshalb einen krummen Rücken bekommen. Das konnte sein.

»Deine Arme sind auch gleich lang«, verkündete Frau Dr. Shy. »Habt ihr eine Klimmstange zu Hause?«

Ich schaute Mom an. Offenbar war Frau Dr. Shy wirklich verrückt geworden.

Mom schaute Frau Dr. Shy an und schüttelte den Kopf.

»Nun, vielleicht sollten Sie daran denken, eine zu besorgen. Manchmal richtet sich der Rücken wieder gerade, wenn man sich jeden Tag ein paar Minuten an die Stange hängt. Vorausgesetzt natürlich, dass deine Arme gleich lang sind, Laurie.«

Frau Dr. Shy setzte sich an den kleinen Schreibtisch in der Ecke und kritzelte etwas auf meine Karteikarte, dann klappte sie die Akte zu. »Gut, das war's dann erst mal.«

Sie rollte ihren Stuhl näher zu mir heran. »Bisher besteht kein Grund zur Besorgnis. Aber wir werden die Sache sorgfältig beobachten. Wir werden dich alle drei Monate untersuchen, jedenfalls solange du mitten im Wachstumsschub bist.«

»Ich bin nicht im Wachstumsschub«, stieß ich hervor. »Mein Kiefer ist noch genauso groß, wie er in der zweiten Klasse war.«

Frau Dr. Shy sah verblüfft aus, und mir wurde im selben Moment bewusst, dass sie ja nie mit Dr. Hayes, meinem Kieferorthopäden, geredet hatte. Aber sie ließ sich nicht aus der Fassung bringen. Es war offensichtlich, dass sie eine Menge Erfahrung mit Kindern hatte, die unverständliches Zeug daherredeten. »Na ja, jedenfalls wirst du bald in die Höhe schießen. Also werden wir dich regelmäßig untersuchen. Wenn die Verkrümmung auf fünf oder sechs zugeht, können wir langsam an eine Röntgenaufnahme des ganzen Skeletts denken. Aber im Augenblick kann man nichts weiter tun – du musst nur auf deine Haltung achten und ganz allgemein auf deine Gesundheit.«

Ich fühlte mich ein bisschen besser, als wir nach Hause fuhren. Ich hatte nur 4,5 und nicht 5, was immer das zu bedeuten hatte. Aber wie lange dauerte es normalerweise, bis es auf fünf weiterging? Ich hätte sie fragen sollen. Vielleicht würde ich in die Bibliothek gehen und mir ein Buch über Skoliose ausleihen.

Ich machte die Augen zu und stellte mir vor, wie ich mit einem Buckel aussehen würde. Ich musste heftig atmen, dann machte ich die Augen wieder auf. Frau Dr. Shy hatte gesagt, ich sollte mich nicht aufregen, und was tat ich – ich regte mich auf. Das war dumm. Vielleicht sollte ich es einfach vergessen – jedenfalls für die nächsten drei Monate, bis ich wieder zu ihr kommen musste. Ja, genau, das würde ich tun.

Aber Dad ließ es mich ganz und gar nicht vergessen. Nach dem Abendessen ging er weg und kaufte ein Stahlrohr. Er montierte es in den Türrahmen meines Zimmers ein.

»Fünf Minuten pro Tag«, sagte er.

Ich hing dreißig Sekunden dran, dann fiel ich herunter wie ein nasser Sack.

»Das war nicht so gut«, sagte Dad. »Versuch es noch mal.«

»Ich finde, es war schon ziemlich gut«, sagte Mom.

»Versuch es noch mal«, sagte Dad.

Diesmal hing ich neunundzwanzig Sekunden dran. Meine Hände taten weh. Erst hatte Mümmel sie mir zerbissen, und jetzt sorgte mein Dad dafür, dass ich mir die ganze Haut von den Händen schürfte.

Am Abend lag ich im Bett und gab mir Mühe, mich nicht aufzuregen. Plötzlich fielen mir Moms Worte ein, als sie mit der Arztpraxis telefoniert hatte: »Erst Tante Lizzy und jetzt du.« Ich dachte daran, wie oft Mom in letzter Zeit mit Tante Lizzy telefonierte und wie wenig sie neuerdings lachte, und plötzlich bekam ich Angst. Erst Tante Lizzy und jetzt ich. Ich starrte durch die Dunkelheit auf die Stahlstange, bis ich einschlief.

Schwielen bilden sich schnell. Innerhalb einer Woche hing ich bereits zwei Minuten hintereinander an der neuen Stange in meinem Türrahmen. Es war ein gutes Gefühl, dass meine Hände wieder hart waren. Als ich noch klein war, bin ich die ganze Zeit in den Bäumen herumgeklettert, und meine Hände waren immer hart. Am liebsten bin ich auf die Birke in unserem Vorgarten geklettert – vor allem deshalb, weil alle sich wunderten, dass ich an einem Baum mit so wenig niedrigen Zweigen hinaufkam. Aber dann bekam ich meine Brille, und von da an hörte ich auf mit dem Klettern. Der Boden erschien mir plötzlich viel weiter weg als vorher. Das hätte eigentlich nicht sein dürfen, weil ich kurzsichtig bin und meine Brille die Dinge näher aussehen lässt, aber es war so. Und wie ich feststellen musste, war ich nicht besonders wild auf Höhenluft.

Dafür machte es mir inzwischen richtig Spaß, an der Stange in meinem Türrahmen zu hängen. Erstens bedeutete es, dass ich etwas tat, um den Feind zu bekämpfen (der Feind war die Skoliose). Und außerdem konnte ich die Augen zumachen, wenn ich an der Stange hing, und mich in exotische Gegenden träumen – in den amazonischen Regenwald zum Beispiel oder in die Wildnis von Südostasien. Das Aufhängen hatte sich als Vergnügen entpuppt.

Ab und zu, wenn ich an der Stange hing, dachte ich daran, was Mom über Tante Lizzy gesagt hatte. Oder vielmehr, was sie nicht gesagt hatte. Ich fragte sie ein paar Mal, aber ich bekam nie eine Antwort. Mom musste immer gerade ans Telefon, oder sie war sowieso schon zu spät dran für eine Verabredung, oder sie war gerade dabei, das Scheckbuch auszugleichen. (Ich habe ein Talent dafür, immer im falschen Moment mit etwas anzukommen, sagt Mom.) Auf jeden Fall versprach sie mir jedes Mal, dass wir später darüber reden würden. Aber später war sie beschäftigt. Und so dauerte es nicht lange, bis ich meine Angst vergaß. Schließlich hatte ich selber genug am Hals.

Ich war jetzt jeden Tag damit beschäftigt, alle meine Weihnachtsgeschenke fertig zu bekommen. Für Arthur bastelte ich einen Insektenkasten. Auf einer Seite hatte er ein Vergrößerungsglas, damit Arthur alles genau anschauen konnte, was er fing. Für Mom machte ich ein Kaleidoskop aus einem Stück Plastikrohr, Aluminiumfolie, Wachspapier und einer Hand voll Plastikperlen. Es funktionierte.

Bei Dad war es schwieriger. Er sammelte Schweine – aus Holz, Keramik, Glas, alles, was er finden konnte. Aber ich hatte ihm dieses Jahr zu seinem Geburtstag schon ein Tonschwein gemacht. Also beschloss ich, ihm irgendeine Arbeit abzunehmen. Ich würde das ganze Brennholz, das jetzt neben der Garage herumlag, zu einem hohen, sauberen Stapel aufschichten. Ich hatte schon damit angefangen, von hinten her, weil man es so von der Einfahrt aus nicht sehen konnte. Den Rest wollte ich erst heute, am Weihnachtsabend, fertig machen, denn ich wollte nicht, dass er es zu früh entdeckte und sein Geschenk schon im Voraus kannte.

Mit anderen Worten: Ich war beschäftigt.

Aber beim Arbeiten machte ich mir die ganze Zeit Sorgen um Mümmel. In dem Buch stand, dass die meisten Häsinnen ungefähr dreißig Tage nach der Paarung werfen. Es war jetzt Samstag, der vierundzwanzigste Dezember, dreißig Tage nach dem Erntedankfest, und ich stand draußen vor Mümmels Käfig und schaute zum zehnten Mal in die leere Wurfkiste. Ich schlug meine bloßen Hände zusammen, um sie in der kalten Luft aufzuwärmen, und sang dabei »Morgen kommt der Weihnachtsmann«. Damit wollte ich meine Häsin aufmuntern, die in letzter Zeit unzweifelhaft dicker geworden war. Sie sah aber ganz und gar nicht aufgemuntert aus. Ich ging ins Haus, schlug die gelben Seiten im Telefonbuch auf und rief den erstbesten Tierarzt an, dessen Name mir gefiel. Dr. Steinway. Das war ein schöner, musikalischer Name.

»Hallo. Kann ich bitte mit Dr. Steinway sprechen?«

»Der Doktor ist gerade mit einem Patienten beschäftigt. Kann ich dir irgendwie helfen?«

Die Stimme der Frau klang energisch und älter, und ich hatte das Gefühl, dass ich mit jemand Vernünftigem redete. Also dachte ich mir, dass es einen Versuch wert war. »Meine Häsin sollte heute werfen, aber es sind noch keine Babys da.«

»Hmmm. Ist das ihr erster Wurf?«

»Ja.«

»Hmmmm. Und es sind keine kleinen Füße in der Wurfbox?«

»Kleine Füße?«

»Manchmal fressen sie ihre Jungen auf. Wenn sie verängstigt oder aufgeregt sind.«

»Nein, es sind keine kleinen Füße da«, sagte ich und mir wurde ganz schlecht dabei. Ich wusste, dass männliche Hasen oft ihre eigenen Jungen auffressen. Deshalb nimmt man immer das Männchen weg, wenn das Weibchen schwanger ist. Aber ich hatte keine Ahnung gehabt, dass eine Mutter so etwas Grausames auch tun würde.

»Hast du nachgesehen?«

In Wahrheit hatte ich nicht sorgfältig genug nachgesehen, um irgendwelche kleinen Füße zu entdecken. Aber ich musste dieser unerfreulichen Fragerei ein Ende machen, also log ich und sagte: »Ja.«

»Wie viele Tage sind seit der Paarung vergangen?«

»Dreißig.«

»Ah ja, da haben wir schon des Rätsels Lösung.«

Ich kam mir ziemlich dumm vor. »Äh – wie?«

»Beim ersten Wurf kann man es nie so genau sagen – die Babys können schon nach fünfundzwanzig Tagen kommen, aber auch erst nach fünfunddreißig. Wenn sie, sagen wir, bis Donnerstag nicht geworfen hat, dann bringst du sie her.«

»In Ordnung«, sagte ich. »Danke.«

»Nichts zu danken.« Sie legte auf.

Ich ging hinaus, um es Mümmel zu erzählen, und ich ertappte sie dabei, wie sie sich mit den Zähnen das Fell aus dem Rücken riss. Ich schaute fasziniert zu, wie sie einen großen, flaumigen Knäuel direkt über ihrem Schwanz herauszog. Sie war in ihrer Wurfkiste und ignorierte mich. Als sie fertig war, setzte sie sich ruhig hin, auf ihre stumme, stille Hasenart.

»Bald«, flüsterte ich ihr zu. Dann fütterte ich Mümmel eine extra Erdbeere.

Am nächsten Tag war Weihnachten. Und wie immer gab es all die wunderbaren Sachen, auch wenn meine Geschenke jetzt, wo ich schon groß war, meistens keine Überraschungen mehr waren. Vor allem waren es Sachen zum Anziehen. Aber an diesem Weihnachten war etwas Wichtiges anders als sonst: Nini fehlte. Sie hatte beschlossen, Weihnachten bei Tante Lizzy zu verbringen.

»Das ist gemein«, sagte Arthur.

Und das stimmte. »Nini war schon an Erntedank bei Tante Lizzy«, sagte ich.

Mom saß auf der Couch und trank langsam ihren heißen Apfelwein. »Tante Lizzy braucht Nini mehr als wir«, sagte sie.

»Warum?«, fragte Arthur. Es war genau die Frage, die ich selber hatte stellen wollen. Meine alte Angst fing wieder an mir zu nagen an.

Mom seufzte. »Es ist eben so.« Dann stand sie auf. »Es wird Zeit, dass wir die Plätzchen ausrollen.« Sie nahm Arthur bei der Hand und ich folgte ihnen in die Küche.

Ich war überrascht, dass Arthur nicht mehr Theater machte, weil Nini nicht kam. Wenn Nini da war, las sie ihm pausenlos vor. Und sie steckte kleine Überraschungen unter unsere Kopfkissen. M&M-Tüten und bunte Plastiklineale und Pflaster mit Dinosauriern drauf. Ich wurde langsam zu alt für solche Sachen, aber ich vermisste es trotzdem. Warum brauchte Tante Lizzy Großmutter Nini mehr als wir? Tante Lizzy hatte keine Kinder. Sie war nie verheiratet gewesen. Meistens verreiste sie zu Weihnachten irgendwohin weit weg. Aber diese Weihnachten war sie zu Hause, und Nini kam zu ihr, anstatt zu uns. Ich vermisste Nini. Und Arthur vermisste sie auch. Und plötzlich wusste ich, dass Nini uns genauso vermisste wie wir sie. Ganz bestimmt. Was auch immer sie dazu gebracht hatte, zu Tante Lizzy zu gehen – es musste jedenfalls etwas sehr Wichtiges sein.

Ich schaute zu Mom rüber, die an der anderen Seite des Küchentischs stand, und wollte ihr all die Fragen stellen, die mir auf der Seele brannten. Aber irgendetwas in ihrem Gesicht hielt mich auf. Ich sah ihr an, dass sie jetzt nicht darüber reden wollte.

»Hol die Ausstecher heraus, Laurel, ja?« Mom tätschelte Arthurs Kopf. »Jetzt kommt der schöne Teil.« Ihre Worte waren fröhlich, aber ich wusste, dass etwas nicht stimmte. Mom verschwieg uns etwas. Ich maß schweigend das Mehl ab.

An jenem Nachmittag verbrachte Mom wieder eine lange Zeit am Telefon mit Nini und Tante Lizzy, genau wie am Erntedankfest. Aber dieses Mal kamen Arthur und ich wenigstens auch dazu, »Hallo« zu sagen.

Ich hatte gehofft, dass ich das schönste aller Weihnachtsgeschenke bekommen würde: kleine Hasenbabys. Aber sie kamen nicht. Ich fütterte Mümmel wieder eine extra Erdbeere und am Montag noch einmal. Jeden Morgen durchsuchte ich sorgfältig die Wurfkiste. Keine Babys. Aber wenigstens auch keine kleinen Füße. Am Montagabend ging ich mit einem mulmigen Gefühl ins Bett.

Der nächste Tag war der dreiunddreißigste. Wenn am Morgen immer noch keine Babys in der Wurfkiste waren, musste ich Mümmel zum Tierarzt bringen. Und wenn sich nun herausstellte, dass die Babys zu groß waren, weil Mäxchen so viel größer war als Mümmel, und dass sie nicht herauskommen konnten? Das machte mir Angst. Ich durfte gar nicht daran denken, sonst würde ich in Tränen ausbrechen. Was, wenn Mümmel gar nicht schwanger war? Junge, Junge, wäre das peinlich, wenn ich ein leeres Kaninchen zum Tierarzt bringen würde! Aber wenn sie nicht schwanger war, wieso hatte sie sich dann die ganzen Fellbüschel ausgerissen? Sie hatte die Büschel nicht irgendwie geformt, aber ich wusste, dass dieser Flauschball ihre Vorstellung von einem Nest war.

Am Dienstagmorgen wischte ich einen sauberen Kreis im Fenster neben meinem Bett frei und schaute hinaus. Das Gras schimmerte unter einer dünnen Schicht Raureif, der sich bereits langsam in Dunst auflöste. Ich wollte die Treppe hinunterrennen, nach draußen stürzen und in das Nest schauen. Aber ich hatte Angst. Meine Angst hielt mich noch ungefähr zehn Sekunden im Bett fest.

Dann lief ich barfuß zu Mümmels Käfig hinunter.

Sie saß in der Nähe der Tür, weit weg von der Wurfkiste. Ich starrte in die Wurfkiste. Das Fellknäuel sah genauso aus wie vorher. Ich schaute wieder zu Mümmel. Sie starrte mich an und trat in ihre Futterschüssel. Sie hatte Hunger. Ich schaute zu dem Flauschball zurück. Er bewegte sich. Oh nein, wirklich? Ich drückte mein Gesicht eng an die Käfigstangen. Der Flauschball bewegte sich wieder. Mein Herz hüpfte. Ich machte den Käfig auf und streckte meine Hand hinein. Nur mit dem Zeigefinger tastete ich ganz, ganz vorsichtig in dem Knäuel herum. Die Babys waren warm und weich und seidig. Wenn mein Finger sich nicht irrte, waren es vier.

Ich zog meine Hand zurück und streichelte Mümmel.

Sie kam zum ersten Mal seit einer Woche wieder zu mir. Ich hob sie heraus und drückte sie an mich und streichelte sie überall. Ihr Bauch war mit einer Reihe von harten, vollen Zitzen bedeckt. Sie war wieder dünn. Ich küsste sie auf die Nase und setzte sie in die Wurfkiste. Sie sprang heraus und setzte sich wieder in ihre Futterschüssel. Ich lachte. »Du musst ja halb verhungert sein nach der ganzen Arbeit!«

Ich lief ins Haus und kam mit einer extra großen Portion Hasenmischung und einer ganzen Banane zurück. Ich sah ihr beim Fressen zu. Sie hatte Hunger wie ein Wolf. Der Flauschball bewegte und bewegte sich – nur ein ganz leises, leichtes Ruckeln. Ich war so glücklich, dass ich es am liebsten in die ganze Welt hinausgesungen hätte. Ich lief mitten auf den Hinterhof hinaus und schmetterte lauthals los: »Frosty, the Snowman.« Wir haben zum Glück tolerante Nachbarn (wie Dad oft zu Mom sagt, wenn Arthur etwas gemacht hat, was die meisten Nachbarn gestört hätte), also brauchte ich mich nicht zurückhalten.

Mom lehnte sich aus der Verandatür heraus. »Laurel, bist du barfuß? Was, und du hast nur dein Nachthemd an! Komm jetzt sofort herein!«

Ich lief hinein. »Es sind vier«, sagte ich.

»Vier?« Mom schaute mich an. Dann breitete sich ein entzücktes Lächeln auf ihrem Gesicht aus. Sie schlurfte in ihren Hausschuhen und ihrem Nachthemd hinaus. Ich folgte ihr dicht auf den Fersen. Mom stand an der

Käfigtür und schaute Mümmel stirnrunzelnd an. »Warum gehst du nicht in die Wurfkiste, Mümmel? Geh und säuge deine Babys.«

Mümmel gab keine Antwort. Sie saß in einer Ecke des Käfigs, weit weg von der Wurfkiste.

»Sie säugen ihre Jungen nur ein paar Mal am Tag«, sagte ich, wie ich es in meinem Buch gelesen hatte. Aber insgeheim war ich ein bisschen verunsichert. Sollte Mümmel nicht bei ihren Babys bleiben, um sie zu beschützen? Aber andererseits gab es hier nichts, wovor sie sie beschützen musste. Sie waren in ihrem Käfig vollkommen in Sicherheit. Vielleicht war Mümmel klug genug, um das zu begreifen.

Mom und ich gingen in die Küche zurück.

Mom setzte sich mit einer Tasse Kaffee hin und rührte nachdenklich darin herum. »Bist du sicher, dass sie sich richtig verhält?«

»Woher soll ich das wissen?«, antwortete ich.

»Du hast sie doch nicht angefasst, oder?«

Mein Mund wurde ganz trocken. Ich wusste genau, dass man ein Nest mit Eiern oder ein Vogeljunges nicht anfassen durfte, weil die Mutter sonst vielleicht das Nest im Stich lassen würde. »Äh ... ja«, brachte ich mit krächziger Stimme heraus. »Ich habe meinen Finger reingesteckt. Aber nur einen.«

Mom starrte auf ihren Kaffee. »Vielleicht will sie deshalb nicht zu ihnen gehen.«

»Wer will nicht zu wem gehen?«, fragte Arthur, der

gerade in die Küche hereinkam. Er schnappte sich eine Packung Frühstücksflocken und stellte sie auf den Tisch.

»Mümmel will nicht zu ihren Babys gehen«, sagte Mom.

»Oh – Hasenbabys!«, rief Arthur. Er rannte im Schlafanzug zur Tür hinaus.

Ich rannte ihm nach. »Mach bloß den Käfig nicht auf! Und wehe, du fasst sie an!«, rief ich in heller Aufregung. »Wenn jemand die Babys anfasst, kümmert sich Mümmel nicht um sie.«

Mom hatte bestimmt nicht Recht. Es konnte doch nicht sein, dass Mümmel von den Babys wegblieb, bloß weil ich sie angefasst hatte. Niemals. Aber ich wollte auf gar keinen Fall ein Risiko eingehen. Ich würde es nicht zulassen, dass Arthur sie anfasste.

Arthur stand da, das Gesicht gegen die Käfigstangen gepresst. »Wo sind sie? Ich kann sie nicht sehen«, sagte er.

»Du musst das Fellnest beobachten«, sagte ich. »Es bewegt sich manchmal.«

Genau in diesem Moment, als ob ich ihm das Stichwort gegeben hätte, bewegte sich das Knäuel.

»Ooooh«, flüsterte Arthur. »Wie sehen sie aus?«

»Ich weiß nicht. Ich habe sie nicht gesehen. Aber es sind vier.«

»Woher weißt du das?«, fragte Arthur.

Oh, verflixt. Jetzt musste ich es ihm wohl oder übel sagen.

»Ich habe mit dem Finger drin herumgetastet.«

Arthur starrte mich an. »Aber dann kümmert sich Mümmel nicht um die Babys.«

»Oh, doch – das tut sie schon«, sagte ich. Meine Stimme klang brüchig. »Ich bin eine Ausnahme.«

Arthur schluckte es. Er lächelte Mümmel an. »Gut gemacht, Mümmel-Häschen.« Er lief wieder hinein.

Ich fing allmählich an zu zittern. Ich hatte fast die ganze letzte halbe Stunde draußen bei einer Temperatur von 0°C verbracht und hatte nichts außer meinem Flanellnachthemd an. »Ich geh jetzt rein, Mümmel. Niemand stört dich hier. Bitte kümmere dich um deine Babys.«

Mümmel rührte sich nicht.

Sie hatte ungefähr die Hälfte ihrer Hasenmischung aufgefressen und saß ganz in sich zusammengekauert in der Ecke. Ich hob sie hoch und trug sie in die Wurfkiste. Sie steckte ihre Nase mitten in den Fellknäuel hinein. Ich hielt den Atem an. Sie durfte sie nicht auffressen. Wenn sie anfing, sie aufzufressen, würde ich sie schnell wegreißen.

Aber Mümmel machte keine Anstalten, ihre Babys aufzufressen. Sie bog sich herum und biss noch mehr Fellbüschel aus ihrem Rücken und spuckte sie auf das Nest. Dann sprang sie aus der Kiste.

Als ich in die Küche zurückkam, waren Dad und Mom beim Kaffeetrinken. »Wie geht es ihr?«, fragte Dad.

»Sie ist immer noch nicht in der Wurfkiste«, sagte ich. »Aber sie hat noch mehr Fell auf das Nest getan.«

»Das ist sicher ein gutes Zeichen«, meinte Mom. Sie schaute mich mit traurigen Augen an. Es tat ihr Leid, dass sie gesagt hatte, es sei meine Schuld, dass Mümmel nicht bei ihren Babys war. Das sah ich ihr an. »Nimm dir eine Schale Cornflakes, Laurel.«

»Später«, sagte ich. Ich ging hinauf und zog mich an. Dann setzte ich mich auf mein Bett und schloss die Augen. *Bitte, bitte, mach, dass Mümmel sich um ihre Babys kümmert. Bitte, bitte, mach, dass ich nicht alles kaputtgemacht habe.*

Ich schaute zu meinem Schreibtisch hinüber. Dort herrschte ein wildes Durcheinander. Es dauerte eine ganze Weile, bis ich es in Ordnung gebracht hatte. Dann ging ich die Treppe hinunter und zu Mümmels Käfig hinaus.

Sie saß immer noch in der Ecke. Ich setzte sie in die Wurfkiste. Sie sprang heraus. Ich ging hinauf und schaute in meinem Buch nach. Es stand nichts darüber drin. Ich ging hinunter, schlug die gelben Seiten auf und wählte.

»Kann ich bitte mit Dr. Steinway sprechen?«

»Der Doktor hat gerade einen Patienten. Kann ich dir vielleicht helfen?«, sagte die Stimme vom letzten Mal.

»Ach, meine Häsin hat gerade Babys bekommen«, sagte ich.

»Tatsächlich?«

Meine Stimme versagte, als ich die schrecklichen Worte sagte: »Und sie will nicht zu ihnen gehen.«

»Was meinst du damit?«

»Na ja, die Babys sind in der Wurfkiste und die Mutter nicht«, sagte ich so sachlich, wie ich nur konnte. Es sollte nicht so klingen, als ob ich mich beklagen wollte. Das wäre nicht nett gegenüber Mümmel gewesen.

»Ach so. Und hat sie sie gesäugt?«

»Ich weiß nicht.«

»Wie lange ist es her, dass sie geworfen hat?«

»Ich weiß nicht. Gestern Abend, als ich ins Bett gegangen bin, waren sie noch nicht da, erst heute Morgen, als ich aufgewacht bin.« Ich schaute auf die Uhr. »Das muss so gegen acht gewesen sein.«

»Vielleicht hat sie sie in der Nacht gesäugt.«

Ich wusste nicht, was ich darauf sagen sollte. »Soll ich irgendwas machen?«

»Bist du das kleine Mädchen, das mich vor ein paar Tagen schon mal angerufen hat?«

»Ja«, sagte ich. »Soll ich irgendwas machen?«

»Nein, überlass das nur der Hasenmutter.«

»Ich ... ich ... ich hab was Schlimmes gemacht«, sagte ich.

»Was Schlimmes?«

»Ich habe die Babys angefasst. Ich wusste nicht, dass man das nicht darf. In meinem Buch steht nichts davon.«

»Gehört die Hasenmutter dir?«

»Ja«, sagte ich.

»Und wie lange hast du sie schon?«

»Seit sie ein Baby war. Seit letzten Sommer.«

»Und fasst du sie sonst auch an?«

»Ja klar«, sagte ich. »Ich spiele jeden Tag mit ihr. Ich nehme sie heraus und wir spielen auf dem Küchenboden. Das heißt, bis vor ein paar Tagen – da wollte sie auf einmal nicht mehr, dass ich sie hochnehme. Aber heute Morgen durfte ich sie wieder im Arm halten.«

»Dann hast du nichts Schlimmes gemacht«, sagte die Stimme am anderen Ende der Leitung. »Wenn die Hasenmutter Vertrauen zu dir hat, kannst du auch ihre Jungen anfassen. Nur wenn ein Fremder sie anfasst oder jemand, den sie für einen Feind hält, kann es Probleme geben. Du hast jedenfalls nichts Schlimmes gemacht.«

Sie hörte sich an, als ob sie die Mutter von irgendjemand wäre. Ich mochte sie sehr. »Und was soll ich jetzt tun?«, fragte ich.

»Solange die Babys in ihrem Nest in Sicherheit sind, solltest du die Mutter einfach tun lassen, was sie für richtig hält. Sie hat doch ein Nest für die Kleinen gemacht, oder?«

»Ja.«

»Gut. Also, dann erst mal auf Wiedersehen. Ruf an, wenn es Probleme gibt.« Sie legte auf.

Ich ging hinaus, setzte mich in der Einfahrt auf den Boden und beobachtete Mümmel. Sie ging nie in die Nähe der Wurfkiste.

Ich rief Charlotte an, um ihr die Neuigkeit mitzuteilen, und sie kam zur Mittagessenszeit herüber. Ihr Cousin Eric war wieder im Land und er hatte sein Mäxchen mitgebracht.

Charlotte kam zum Glück allein zu mir ins Haus. Aber sie hatte Eric erzählt, dass Mümmel Junge bekommen hatte, und jetzt wollte er, dass Mäxchen sie sehen durfte. Ich dachte an die abgebissenen kleinen Füße und sagte zu Charlotte, sie sollte Eric sagen, ich würde ihm das Herz herausreißen, wenn er es wagen sollte, Mäxchen in die Nähe der Babys zu bringen. (Je schlimmer die Drohung, desto eher hören kleine Jungen darauf, das wusste ich aus meinem Zusammenleben mit Arthur.)

Charlotte stand mit mir in ehrfurchtsvollem Schweigen vor dem Käfig, und wir sahen zu, wie der Fellknäuel sich bewegte.

Ich verbrachte den größten Teil des Tages damit, den Käfig zu beobachten. Mümmel ging nie in die Nähe der Wurfkiste, soweit ich sehen konnte.

Am nächsten Morgen lief ich in aller Frühe die Treppe hinunter, in der Hoffnung, dass ich Mümmel beim Säugen antreffen würde. Aber sie saß allein in ihrer Ecke.

Ich starrte das Fellnest an. Ich bekam kaum Luft. Meine Brust war so zugeschnürt, dass es wehtat. Ich wartete darauf, dass das Nest sich bewegte. Es musste sich bewegen. Es musste einfach. Ich wartete und wartete. Endlich steckte ich einen Finger hinein und berührte vier kalte, steife kleine Körper.

Arthur und ich standen schweigend da, während Dad die toten Kaninchenbabys in dem halb gefrorenen Boden begrub. Sie sahen wie graue Klumpen mit Stummelohren aus. Ich konnte meine Augen nicht von ihnen wenden. Selbst als sie unter den Erdbrocken verschwunden waren, stand ich noch da und starrte auf den Punkt, an dem ich sie zuletzt gesehen hatte. Es war direkt neben Charlestons Grab.

»Komm rein, Laurel«, sagte Mom und legte ihre Hand auf meine Schulter.

»Gleich«, sagte ich. Ich hörte sie alle hineingehen. Dann ging ich mitten auf den Hinterhof und setzte mich in das nasse, kalte Gras. Ich starrte lange auf den Boden. Es waren keine kleinen Grasgeschöpfe in Sicht. Alle Ameisen und Grillen und Spinnen lagen in der Winterstarre oder waren tot. Ich schloss meine Augen und stellte mir das Gras im Frühling vor, mit all dem krabbeligen Leben darin.

Arthur kam heraus und setzte sich neben mich. Ich wusste, dass er es war, obwohl ich die Augen geschlossen hatte, weil er meine Hand auf seinen Kopf legte. »Was machst du da?«, fragte er.

»Auf den Boden schauen«, sagte ich.

»Mit geschlossenen Augen?«, sagte Arthur.

»Ja«, sagte ich.

»Da ist aber nichts«, sagte Arthur.

Ich machte die Augen auf und schaute ihn an. Er kniff seine Augen zusammen.

»Streng dich nicht so an«, sagte ich.

Arthur machte die Augen wieder auf. »Wenn bloß die Häschen nicht tot wären«, sagte er. »Ich will nicht, dass Hasen sterben müssen. Und ich will nicht, dass wir sterben müssen.«

»Da kann man nichts machen«, sagte ich.

Arthur ging wieder hinein.

Ich ging in den Vorgarten und kletterte auf die kahle Birke hinauf, dort legte ich mich flach auf den Bauch, über einen breiten Ast. Ich drückte mich ganz eng an ihn.

Ich wusste, dass der Himmel über mir leuchtend blau war. Ich wusste, dass die Erde unter mir hart und schwarz war. Ich wusste, dass der Wind viel kältere Luft mit sich brachte. Ich liebe das Wetter. Die Leute sagen immer, das Wetter sei langweilig. Sie sagen, wenn man vom Wetter redet, dann nur, weil man nichts Besseres zu reden weiß. Aber das ist nicht wahr.

Das Wetter ist überhaupt nicht langweilig. Es bringt die Sonne, von der alles Leben kommt. Es bringt den Regen. Es kann Dinge leben oder sterben lassen. Es hat die Birke hier wachsen lassen.

Und meine Tränen, die jetzt, in diesem Augenblick, über meine Wangen liefen, würden die Birke sogar noch größer machen. Ich wünschte mir, dass sie ewig weiterwachsen sollte. Ich wollte, dass sie den Himmel berührte, dass sie ihn durchbohrte und dann immer weiterwuchs.

»Es tut mir Leid«, sagte die Frau, deren Stimme mir inzwischen so vertraut war. »Das ist schrecklich. Ja, warte einen Moment, ich hole den Doktor her.«

Ich wartete und wunderte mich ein bisschen. Es war Sylvesterabend und Dr. Steinway und seine Helferin waren in der Praxis. Sie waren auch am Weihnachtsabend da gewesen, als ich das letzte Mal angerufen hatte. Tierärzte sind aufopfernde Leute. Ich hatte Dr. Steinway gleich am Mittwochmorgen anrufen wollen. Irgendwie hatte ich die vage Hoffnung gehabt, dass er die kalten kleinen Körper nehmen und wieder Leben in sie einhauchen könnte. Aber ich hatte kaum sprechen können. Und außerdem war Dad so schnell und entschlossen mit dem Beerdigen gewesen.

Unser Tierfriedhof wurde immer größer. Ich hielt das Telefon mit flatternden Händen umklammert. Drei Tage lang hatte ich über alles nachgedacht. In irgendeinem verborgenen Winkel meines Herzens war ich böse mit Dr. Steinway. Wenn er selber ans Telefon gekommen wäre, als ich das letzte Mal angerufen hatte, dann würden die Babys vielleicht noch leben. Ich wusste, dass meine Wut auf ihn unbegründet war, und ich hatte mir nichts anmerken lassen, als ich mit der Helferin geredet hatte. Aber ich war fest entschlossen, herauszufinden, was schief gegangen war.

»Sie sind alle gestorben, wie?« Dr. Steinways Stimme ließ mich zusammenfahren. Er räusperte sich. Seine Stimme klang rau, so als ob er schon sehr alt wäre.

»Ja«, sagte ich.

»Das kommt manchmal vor. Es ist nicht die Regel. Aber es kommt vor. Manchmal begreift es die Mutter einfach nicht beim ersten Wurf. Ist ihr die Milch eingeschossen?«

»Ich glaube schon«, sagte ich.

»Aber sie hat sie nicht gesäugt?«

»Ich glaube nicht«, sagte ich.

»Und sie hatten es warm genug?«

»Der Käfig steht draußen ...«

»Draußen? Bei der Kälte?«

»Äh ... ja«, sagte ich. Ich schluckte den Kloß in meinem Hals hinunter. »Der Käfig ist in einer Ecke, wo er windgeschützt ist, aber er ist draußen.«

»Wenn sie nicht auf ihnen draufgesessen und sie schön warm gehalten hat, dann wären sie an Unterkühlung gestorben, auch wenn sie sie gesäugt hätte«, sagte Dr. Steinway.

»Oh«, sagte ich. Oh, vielleicht wären sie am Leben geblieben, wenn ich sie drinnen gehabt hätte. Oh, ich war ja so dumm. Ich hätte sie so leicht reinbringen können. Meine Augen brannten. Ich blinzelte heftig.

»Also, ich sag dir jetzt, was du tun kannst. Ist das Männchen noch greifbar?«

»Das Männchen?«, fragte ich verständnislos.

»Der Vater«, sagte Dr. Steinway.

»Äh … ja, doch«, sagte ich. Eric war hier in der Stadt und Mäxchen auch.

»Dann lass sie noch einmal decken. Es ist sehr unwahrscheinlich, dass sie den zweiten Wurf auch im Stich lässt.«

»Oh.«

Ich spürte, wie die Aufregung in mir hochbrodelte. Ich würde eine zweite Chance bekommen. Und dieses Mal würde es funktionieren. »Wie lange soll ich warten?«

»Sie hat am Dienstag geworfen, sagst du?«

»Ja«, sagte ich. Ich hatte es der Helferin erzählt. Sie hatte ihn offenbar gut informiert.

»Heute ist Samstag. Normalerweise würde ich sagen, eine Woche, aber das muss nicht unbedingt sein. Sie ist ein gesundes Tier, sagst du?«

»Ja, sie ist gesund«, sagte ich.

»Dann lass sie decken und ruf mich wieder an, wenn es so weit ist. Diesmal behalten wir die Sache im Auge.«

»In Ordnung«, sagte ich. »Vielen Dank.«

»Also dann, viel Glück, junge Dame.« Dr. Steinway legte auf.

Ich rief Charlotte an. Fünfzehn Minuten später standen Arthur und ich vor Charlottes Haustür; Arthur hatte Mümmel in einem Handtuch eingewickelt auf dem Arm und ich hatte meine Hand auf Arthurs Kopf.

Charlotte machte die Tür auf. »Ihr habt Glück«, sagte sie. »Mäxchen reist morgen Nachmittag ab. Wir haben gerade noch Zeit für drei Paarungen.«

Arthur und ich gingen hinein. Mäxchen war in einem Käfig im Flur und wartete nur auf Mümmel. Eric stand vor dem Käfig.

»Warum hat sie ihre Hand auf deinem Kopf?«, sagte Eric zu Arthur.

Arthur schaute Eric an, als ob er übergeschnappt wäre. »Weil ich es mag«, sagt er. Er kam näher und schaute Eric durchdringend an. »Du hast es doch auch mal gemocht«, sagte er.

Erics Gesicht leuchtete auf. »Stimmt. Das hab ich ganz vergessen.« Dann machte Eric die Käfigtür auf.

Arthur setzte Mümmel in den Käfig.

Mäxchen ging an die Arbeit.

»Machen wir ein Wettrennen?«, sagte Eric zu Arthur.

Arthur schaute sich um. »Hier, im Flur?«

»Klar.«

»Also gut«, sagte Arthur.

»Achtung, fertig, los!«, sagte Eric.

Sie rannten beide los. Arthur war wie der Blitz an Eric vorbei.

»He, das ist gemein!«, sagte Eric. »Du bist doch schneller.«

»Oh«, sagte Arthur. Er sah verwirrt aus.

»Komm, wir machen es noch mal«, sagte Eric. »Aber diesmal darfst du mich nicht überholen. Das ist gemein.«

»In Ordnung«, sagte Arthur.

Ich schaute zu Charlotte hinüber. Sie konnte sich kaum noch das Lachen verkneifen.

»Warum geht ihr nicht raus und macht dort euer Wettrennen?«, schlug Charlotte vor.

»Okay«, sagte Arthur.

Die beiden Jungen gingen hinaus.

Charlotte brach in schallendes Gelächter aus.

»So komisch war es auch wieder nicht«, sagte ich. »Manche Dinge sind wirklich gemein.« Ich dachte an Nini, die nicht zu Weihnachten gekommen war. Und ich dachte an Mümmels tote Babys. »Eine ganze Menge sogar.«

Charlotte hörte auf zu lachen. »Ich weiß. Wie geht's dir, Laurel?« Das fragte sie mich jeden Tag, seit die Babys gestorben waren.

»Gut«, sagte ich. Ich gab immer dieselbe Antwort.

»Komm mit«, sagte Charlotte.

Ich folgte ihr ins Wohnzimmer. Ein Kissen lag auf dem Boden vor der Wand. Charlotte kniete sich hin und drückte ihren Kopf in das Kissen, dann kickte sie die Beine hoch und balancierte sie gegen die Wand.

»Du musst dich auf den Kopf stellen«, sagte Charlotte, deren Gesicht von Sekunde zu Sekunde röter wurde, »das macht schön.«

»Was?«, schnaubte ich. Ich dachte an Richard – und

an meine Brille und meine Zahnspange und meine Skoliose. Ob wohl jemals irgendjemand auf die Idee kommen würde, mich schön zu finden? »Wieso soll das schön machen, wenn du dich auf den Kopf stellst?«

»Ich kann so nicht reden«, gurgelte Charlotte; es war kaum zu verstehen.

»Dein Gesicht sieht aus wie eine rote Rübe«, sagte ich.

»Grrrmmm«, gurgelte Charlotte.

»Deine Füße werden blau«, sagte ich.

Charlotte ließ ihre Füße herunter und setzte sich auf den Boden. »Woher willst du wissen, dass meine Füße blau werden? Ich habe Socken an.«

»Hab ich geraten.« Ich setzte mich neben sie.

Charlotte lächelte. »Jedenfalls funktioniert es, du wirst schon sehen.«

»Was funktioniert?«

»Auf dem Kopf stehen macht rosige Wangen.« Charlotte rieb sich strahlend die Wangen. »Ich werde noch besser aussehen, als wenn ich Make-up drauf hätte.«

»So viel Aufwand für ein paar rosige Wangen«, sagte ich. »Wenn du reinkneifst, werden sie auch rosa.«

»Kneifen tut weh«, sagte Charlotte. »Und so ein Rosa hält auch nicht lange. Außerdem ist es gut für deine Gesundheit, wenn du auf dem Kopf stehst. Für den Kreislauf, verstehst du. Mit jeder Minute, die du auf dem Kopf stehst, verlängerst du dein Leben um mindestens eineinhalb Minuten.«

»Das kann nicht sein«, sagte ich.

»Es ist aber so.«

Ich schüttelte den Kopf. »Wenn es so wäre, dann würde das bedeuten, dass du überhaupt nie stirbst, wenn du auf dem Kopf stehst.«

»Hä?«, machte Charlotte.

»Na ja, immer wenn du das Gefühl hast, dass du jetzt gleich stirbst, dann brauchst du dich bloß auf den Kopf zu stellen und lebst weiter. Und das ist natürlich idiotisch. Jeder stirbt irgendwann, ob er auf dem Kopf steht oder nicht.«

Charlottes Wangen, die gerade erst zu ihrer natürlichen Farbe verblasst waren, wurden jetzt wieder rot. »Kannst du eigentlich auch mal von was anderem als vom Sterben reden?«, giftete sie.

»Ich hab ja gar nicht vom Sterben geredet. Ich habe bloß gesagt, dass es dämlich ist, sich auf den Kopf zu stellen. Dein Gesicht wäre fast geplatzt vor lauter Blutstau.«

»Ich stehe gern auf dem Kopf«, sagte Charlotte. Sie stand auf. »Ich glaube, Mäxchen ist jetzt fertig mit seinem Geschäft.

Von mir aus kannst du Mümmel nach Hause bringen.«

Ich stand auch auf. »Sei doch nicht sauer, Charlotte. Es tut mir Leid. Von mir aus kannst du auf dem Kopf stehen, so lange du willst.«

»Das tu ich auch«, sagte Charlotte scharf. »In meiner Zeitschrift steht, jeder muss die Antwort finden, die für ihn die richtige ist. Und auf dem Kopf stehen ist eben für mich die richtige Antwort.«

»Antwort auf was?«

»Auf meine Schönheitsprobleme.«

Ich betrachtete Charlottes Gesicht. »Ich finde, du bist hübsch.«

Charlottes Augen wurden weich. »Danke.« Dann schaute sie weg. Leise sagte sie: »Es tut mir Leid, dass sie gestorben sind, Laurel. Es tut mir so Leid für dich.«

Ich nahm Mümmel aus dem Käfig und wickelte sie in ihr Handtuch ein. Dann rief ich Arthur. Aber er hatte schon mit Charlottes Mutter ausgemacht, dass er den restlichen Nachmittag hier bleiben würde. Also ging ich mit Mümmel in meinen Armen und ohne Antwort in meinem Herzen nach Hause.

Als ich zu Hause war, setzte ich Mümmel in ihren Käfig und ging durch die Hintertür hinein. Ich fand Mom über dem Küchentisch zusammengesackt, den Kopf auf den Armen. Eine Schale mit Trauben stand vor ihr auf dem Tisch. Zuerst dachte ich, sie sei eingeschlafen. Aber sie schaute zu mir hoch, sobald ich hereinkam. Ihre Augen waren ganz verquollen vom Weinen. Ich konnte beinahe spüren, wie schwer sie waren. Ja, ich konnte richtig Moms Kummer spüren. Ich setzte mich neben sie auf die Bank, nahe genug, dass unsere Arme sich berührten. Meine Schultern zogen sich angstvoll zusammen.

»Was ist denn passiert?«, fragte ich.

Mom seufzte. »Ich denke, du hast ein Recht, es zu erfahren. Tante Lizzy ist krank.«

Als sie es aussprach, war mir klar, dass ich es die ganze Zeit gewusst hatte. Deshalb hatten wir am Erntedankfest nicht Tante Lizzy sprechen dürfen. Und deshalb hatte Mom in letzter Zeit so viel mit ihr telefoniert. Deshalb war Nini an Weihnachten zu ihr gefahren und nicht zu uns. Ich schaute auf die Schwielen in meiner Handfläche, die vom Hängen an der Stahlstange kamen. Tante Lizzy war krank. Deshalb hatte Mom gesagt: »Erst Tante Lizzy und jetzt du.« Ich nahm eine Traube aus der Schale und rollte sie um den Tisch herum.

»Weißt du noch, die Erkältung, die sie letzten Sommer hatte? Und die einfach nicht weggehen wollte?« Mom stand auf und öffnete den Kühlschrank. Sie holte Milch heraus und schenkte mir ein Glas ein. Ich hatte sie nicht darum gebeten, aber ich wusste, sie brauchte es, dass ich sie trank. Mom muss die anderen füttern, wenn sie traurig ist. Ich nahm einen Schluck von der Milch. Mom setzte sich wieder. »Es war keine Erkältung. Es war eine Lungenentzündung. Und als ihre Lunge dann gründlich untersucht wurde, haben sie entdeckt, dass sie Krebs hat.«

Krebs. Ich kannte das Sternzeichen Krebs, und ich hatte plötzlich ein Bild vor Augen, kleine Krebse, tausende kleine Krebse, die in Tante Lizzys Brust herumkrabbelten und winzige Fetzen aus ihrer Lunge rissen, bis nichts mehr übrig war.

»Lungenkrebs. Das ist gemein. Tante Lizzy raucht doch gar nicht.«

»Es ist auch nicht wirklich Lungenkrebs. Es ist Bronchialkrebs. Die Bronchen, das sind die Verästelungen, die die Luft in die Lungen transportieren, weißt du.«

»Aber Tante Lizzy geht doch immer Joggen«, sagte ich. Es war idiotisch. Schließlich gibt es keinen Grund, warum ein Jogger starke Bronchien haben sollte. Aber ich sagte es trotzdem. Ich sagte es wie eine Herausforderung. Ich wollte kämpfen. Ich wollte, dass jemand hereinkam, irgendjemand, damit ich einfach nur ausholen und die Person mit voller Wucht auf den Boden schmettern konnte. Meine Brille lief an. Ich setzte sie ab und legte sie auf den Tisch.

Mom rutschte auf der Bank näher zu mir heran und legte ihren Arm um mich. »Ja. Sie joggt, und sie hat ein starkes Herz und eine ausgezeichnete Gesundheit.« Sie stieß ein trauriges kleines Lachen aus. »Außer ihrem Krebs. Aber sie bekommt alle möglichen Chemotherapien. Das Allerneueste. Medikamente, die noch getestet werden.«

»Dann wird sie wieder gesund?«

»Das kann man jetzt noch nicht sagen.«

»Oh.«

»Und bei der Bestrahlung haben sie ihr die Speiseröhre so stark verbrannt, dass sie blutet, deshalb musste sie ins Krankenhaus gebracht werden, wo man sie künstlich ernährt, bis die Wunden verheilt sind.«

»Dann ist sie jetzt im Krankenhaus?«

»Ja.« Mom zog meinen Kopf an ihre Brust. Mein Ohr war direkt an ihrem Herz und ich konnte sein schönes, warmes, regelmäßiges Pochen hören. Sie legte ihre Hand um meine Wange. »Ich hab dich lieb, Laurel.«

»Ich dich auch, Mom.«

»Weißt du, ich hab mir überlegt, dass ich sie gern besuchen würde.«

Ich setzte mich auf. »Dann geh, Mom. Ich kann die Wäsche machen. Und ich passe auf Arthur auf. Und Dad und ich können zusammen kochen. Und ...«

Mom lachte. »Du musst doch nicht die ganze Hausarbeit machen, Laurel. Es genügt, wenn du mithilfst, dass alles gut weiterläuft, solange ich weg bin.«

»In Ordnung, Mom.«

Ich half Mom beim Packen, und die ganze Zeit hatte ich ein Bild von Charlotte im Hinterkopf, wie sie nach einer Antwort sucht, die Beine in der Luft, mit puterrotem Gesicht und Füßen, so blau wie Kornblumen unter ihren schneeweißen Socken.

## *Der zweite Versuch*

Am zweiundzwanzigsten Januar brachte ich Mümmel ins Haus und stellte ihren Käfig im Keller auf. Unser Keller ist nicht ausgebaut wie der von Charlotte, aber er ist trocken und warm und hat Fenster an der Seite. Ich stellte den Käfig an einen Platz, wo die Sonne den ganzen Morgen draufscheinen würde.

Meinen Berechnungen nach hatte Mümmel noch eine Woche Tragzeit vor sich, aber ich wollte lieber kein Risiko eingehen. Ich hatte ein Buch über Kaninchenzucht gekauft. Mr. Caldwell hatte extra ein Exemplar für mich bestellt. Und er hatte mir einen Rabatt darauf gegeben. Er hatte sich endlich dazu durchgerungen, mich für eine gute Kundin zu halten – was ich ja auch tatsächlich war und immer sein werde.

In dem Buch stand, dass man in den letzten Tagen der Tragzeit nichts in der Umgebung der Häsin verändern sollte, weil sie sonst vielleicht nervös werden und ihre Babys im Stich lassen oder töten würde. Das war der Grund, warum ich Mümmel schon jetzt hereingebracht hatte – eine volle Woche, bevor sie werfen würde.

Ich fand es seltsam, dass man nie voraussagen kann, was Tiere für verrückte und selbstzerstörerische Sachen machen, wenn sie nervös werden. Wenn ich »seltsam« sage, meine ich damit nicht »ungewöhnlich.« Ich hatte schließlich eine Menge über Insekten und andere Tiere gelesen. Ich wusste, was mit Ratten passiert, wenn man sie in überfüllte Käfige sperrt, und solche Dinge. Aber es war seltsam im Sinn von unlogisch. Wenn Menschen Angst bekommen, kann man voraussagen, was sie tun werden. Arthur klammert sich an meiner Hand fest. Und in letzter Zeit legt er meistens schnell meine Hand auf seinen Kopf. Oder wenn Mom irgendwo in der Nähe ist, versteckt er sich hinter ihrem Rock – obwohl er schon sechs ist. Und wenn ich nervös werde, versuche ich mich zu beschäftigen. Ich bastle irgendwelche Sachen. Zum Beispiel das Nähkästchen, das ich für Tante Lizzy gemacht habe, als Mom in der ersten Januarwoche weg war. Wir Menschen machen vernünftige Sachen. Aber Tiere drehen völlig durch.

»Meinst du, du drehst auch durch, Mümmel?«

Ich saß auf dem Zementboden neben ihrem Käfig und schaute in ihr stilles Gesicht. »Es macht bestimmt Spaß, auf einem Nest voller Babys zu sitzen. Sie würden unten rausgucken und du müsstest sie zurückschubsen.«

Die Woche schleppte sich dahin. Am Dienstag brachte Dad einen Ballen Stroh nach Hause und legte ihn in den Keller. Ich schichtete einen ordentlichen Stapel in einer Ecke von Mümmels Käfig auf. Sie bohrte schnell einen Tunnel durch.

Am Mittwoch hatte ich meinen ersten vierteljährlichen Skoliose-Kontrolltermin. Frau Dr. Shy sagte: »Genau wie letztes Mal.« Sie lächelte, als ob ich stolz auf diese Nachricht sein müsste. Ich sah die Erleichterung in Moms Gesicht und schwor mir, dass ich mich von jetzt an noch öfter und länger an die Stange hängen würde. Ich musste die Skoliose besiegen. Ich musste Mom glücklich machen.

Als ich am Freitag von der Schule nach Hause kam, war Mümmel damit beschäftigt, Fellbüschel aus ihrem Rücken herauszureißen.

»Mom«, rief ich, während ich durch das Haus rannte, um sie zu suchen. Sie war im oberen Flur, hatte Arthur auf dem Schoß und ein paar Wäschehäufchen rings um sich herum.

»Ich lerne, wie man das alles zusammenlegt«, verkündete Arthur. »Damit ich es alleine machen kann, wenn Mom wieder zu Tante Lizzy geht.«

Mein Magen zog ich zusammen. Hatte Mom etwa schlechte Nachrichten bekommen? »Gehst du jetzt wieder weg?«, fragte ich.

Moms Blick begegnete meinem. Ihr Gesicht flehte mich an, nichts zu sagen, was Arthur noch nicht wusste. Mom sagt, Arthur nimmt sich immer alles so zu Herzen. Deshalb hatte ihm auch niemand gesagt, dass Tante Lizzy krank war.

»Nur für den Fall«, sagte Mom jetzt. »Aber was gibt's denn so Aufregendes?«

»Mümmel macht ein Nest.«

»Oh, super!« Arthur sprang von Moms Schoß herunter. »Komm, wir schauen es an.«

»Da gibt's noch nichts zu sehen«, sagte ich. »Mom, du weißt doch, das letzte Mal hat sie die Babys über Nacht bekommen. Kann ich bitte, bitte heute Nacht im Keller schlafen?«

Mom schüttelte den Kopf. »Auf dem kalten Zementboden schlafen, das ist keine gute Idee, Laurel.«

»Ich kann doch die alte Matratze aus dem Gästezimmer runterbringen.«

»Da wird sie bloß schmutzig.«

»Dann fege ich erst den Boden. Und ich sauge die Matratze ab, bevor ich sie morgen wieder rauftrage.«

Mom schaute mich an und ihr Gesicht war ein einziges großes Nein.

»Bitte, Mom!«

»Oh, Laurel.« Sie zog die Lippen zusammen. »Du bist so ein Dickkopf, Laurel. Weißt du das?«

Ich lächelte. »Danke, Mom.«

Arthur und ich schleppten die Matratze aus dem Gästezimmer in den Keller hinunter. Arthur blieb stumm. Ich wusste, dass er gern unten bei mir schlafen wollte, und ich wollte es auch. Ich bin nicht der Typ, der so leicht Angst kriegt. Aber trotzdem hatte ich nichts gegen einen Schlafgefährten im Keller einzuwenden. Ich wunderte mich, dass er Mom nicht gefragt hatte.

Wir breiteten ein sauberes Laken über die Matratze und ich brachte meine schwere Steppdecke hinunter.

Beim Abendessen war Arthur immer noch stumm.

Nach dem Essen zog ich meinen Schlafanzug an und ging schnurstracks in den Keller hinunter. Ich inspizierte den Käfig mit meiner Taschenlampe. Bis jetzt keine neuen Familienmitglieder. Ich setzte mich auf die Matratze und wickelte mich in meine Steppdecke ein und las »Julie of the Wolves« im trüben Licht meiner Taschenlampe. Nach einer Weile legte ich das Buch weg. »Mümmel, bist du traurig?«

Mümmel hoppelte ruhelos in ihrem Käfig herum.

»Weißt du, dass deine letzten Babys gestorben sind?« Ich stand auf und hockte mich neben den Käfig. »Hast du Angst, dass es wieder passiert?« Ich machte die Käfigtür auf und tätschelte ihr den Kopf. Sie kam näher heran. »Moms Schwester stirbt vielleicht, Mümmel. Ich habe Angst davor. Ich bin traurig.«

»Was für eine Schwester? Tante Lizzy?«

Ich drehte mich um und richtete meine Taschenlampe auf die Treppe.

Arthur stand auf der untersten Treppenstufe und hielt sein Plüschkänguru in der Hand. Er kam herüber und setzte sich auf die Matratze.

Ich verrate normalerweise keine Geheimnisse. Ich bin vertrauenswürdig. Das hier war einfach Pech gewesen. Ich hatte die Sache vermasselt. Aber ich würde es nicht noch schlimmer machen, indem ich Arthur irgendeine dumme Lüge erzählte.

Ich machte Mümmels Käfig zu und setzte mich

neben Arthur auf die Matratze. »Ich hätte das nicht sagen dürfen, Arthur. Ich hab mir nur laut Sorgen gemacht.«

»Stirbt Tante Lizzy?«

»Das hat niemand gesagt. Sie ist bloß krank.«

»Ich will nicht, dass sie stirbt.«

»Ich auch nicht.«

Arthur nahm mir die Taschenlampe aus der Hand und richtete sie auf Mümmel. »Meinst du, sie kriegt ihre Babys heute Nacht?«

»Ich hoffe es.«

Arthur nahm meine Hand und legte sie auf seinen Kopf. »Dann bleiben wir die ganze Nacht auf und schauen zu, ja?«

»Weiß Mom, dass du hier unten bist?«

»Frag nicht so blöd, Laurel.«

Wir saßen im Dunkeln und beobachteten Mümmel, die im Lichtkegel der Taschenlampe saß und uns ihrerseits beobachtete.

Ich war erschöpft, und das bedeutete, dass Arthur zum Umfallen müde sein musste. »Hör mal, warum legst du dich nicht einfach hin?«

Arthur schaute sich um. »Da ist aber kein Kissen.«

»Man braucht kein Kissen, wenn man im Keller schläft, verstehst du?«

»Oh.« Arthur legte sich auf den Rücken. Ich deckte ihn mit der Steppdecke zu. Dann wälzte er sich auf den Bauch herum.

»Laurel?« Arthur rieb sich den Hals. Dann streckte er die Arme an der Seite aus. »Laurel?«

»Was ist, Arthur?«

»Es fühlt sich wie Hähnchen an.«

»Wie? Was fühlt sich wie Hähnchen an?«

»Das Betttuch ohne ein Kissen drauf. Es fühlt sich genau wie Hähnchen an.«

Ich wusste, dass ich nie dahinter kommen würde, was das heißen sollte. Aber ich wusste auch, dass Arthur bloß so redete, weil es ein komisches Gefühl war, hier unten zu schlafen. Er war genauso unruhig wie ich. Ich legte meine Hand auf seine Wange.

»Ist schon gut, Arthur«, sagte ich. »Du magst doch Hähnchen. Und jetzt hör auf zu reden. Schlaf lieber.«

Ich wachte als Erste auf und die Morgensonne schien schon auf den Käfig. Ich kroch hinüber und behielt das Fellnest scharf im Auge. Es bewegte sich. Ich grinste von einem Ohr zum anderen. Ich fragte mich, wie viele es wohl waren, aber ich hütete mich, hineinzugreifen und sie anzufassen. Ich würde denselben Fehler nicht zweimal machen, falls es überhaupt ein Fehler gewesen war.

Ich setzte mich auf die Fersen zurück und wartete vor dem Käfig, bis Arthur aufwachte. Dann hielt er Wache, während ich schnell hinaufrannte und frühstückte. Und so machten wir es auch weiterhin: Den ganzen Tag hielten Arthur und ich abwechselnd Wache. Es war die einzige Möglichkeit, wie wir herausfinden konnten, ob

Mümmel ihre Babys säugte oder nicht. Aber sie ging nie in ihre Nähe. Nicht ein einziges Mal.

Bis zum Nachmittag war ich außer mir. Mom war einkaufen gegangen und Arthur hatte Wachdienst bei Mümmel. Ich suchte Dad und traf ihn an seinem Computer an. »Ich glaube, sie kümmert sich wieder nicht um sie.«

Dad wirbelte auf seinem Stuhl herum und schaute mich an.

»Säugt sie sie nicht?«

»Nein.«

»Jetzt hör mal, Laurel. So was kommt eben vor.«

Ich schüttelte den Kopf. »Aber es macht keinen Sinn, Dad.«

»Es gibt viele Dinge, die keinen Sinn machen, Laurel. Du weißt das besser als die meisten Kinder in deinem Alter. Du liest doch die ganze Zeit Bücher über die Natur.«

»Die Natur würde untergehen, wenn alle Mütter sich so wie Mümmel benehmen würden. Normalerweise müsste sie das Bedürfnis haben, für ihre Kinder zu sorgen.«

»Hab ich dir je erzählt, wie ich als Junge einen Sommer lang auf einer Farm in Michigan gelebt habe?«

»Mindestens hundertmal, Dad.«

Dad lächelte. »Und hab ich dir von den kleinen Ferkelchen erzählt?«

»Ja.«

»Von allen siebzehn?«

»Siebzehn? Das Mutterschwein hatte siebzehn Ferkel?«

»Mhhh-mmm. Und sie hat sich auf die Seite plumpsen lassen, und die Ferkel sind alle übereinander gekrabbelt, um an ihre Zitzen zu kommen. Jedes Ferkel hatte seine eigene Zitze. Hast du das gewusst? Ein Ferkel saugt immer an derselben Zitze.«

»Tun Hasen das auch?«

»Ich weiß nicht. Aber bei Schweinen ist es so.«

»Und das Schwein hatte siebzehn Zitzen. Wahnsinn!«

»Nein, eben nicht. Das ist genau der Punkt, Laurel. Ich weiß nicht, wie viele sie hatte, acht oder zehn oder vielleicht zwölf. Aber siebzehn auf keinen Fall.«

Mein Gesicht wurde lang. »Und was ist dann mit den übrigen Ferkeln passiert?«

»Sie mussten warten, bis sie an die Reihe kamen. Und dann mussten sie überall herumschnorren, in der Hoffnung, dass noch ein bisschen Milch für sie übrig sein würde. Aber es waren höchstens ein paar Tropfen, nicht mehr. Und sie wurden schwächer und schwächer.«

»Und dann sind sie gestorben«, sagte ich.

»Mmmm-hmmm.«

»Das ist gemein!« Ich ballte meine Hände zu Fäusten und rammte sie in meine Jeanstaschen. »Was ist das bloß für eine Welt, in der so ein paar arme übrige Ferkel einfach sterben müssen!« Ich schaute an die Decke über Dads Schreibtisch und blinzelte, um meine Wuttränen zurückzudrängen. »Dieser ganze blöde Tod. Das ist so verdammt bescheuert gemein.«

»Dagegen kann man nichts machen, Laurel.«

»Oh, doch. Kann man wohl!« Ich stampfte in die Küche hinaus und wählte, so schnell ich konnte. »Hallo, kann ich bitte mit Dr. Steinway sprechen?«

»Am Apparat.«

»Ach so – ich bin das Mädchen mit den Hasenbabys. Sie wissen schon, die gestorben sind, weil ihre Mutter sie nicht säugen wollte. Oder vielleicht auch, weil ich den Käfig draußen stehen hatte. Sie erinnern sich doch an mich, oder?«

»Natürlich erinnere ich mich an dich, junge Dame. Hat deine Häsin wieder geworfen?«

»Ja.«

»Und wie geht es den Jungen?«

»Sie ist nicht bei ihnen. Und das war sie den ganzen Tag nicht. Wir beobachten sie schon seit heute früh, den ganzen Tag über. Wir haben sie keine Sekunde lang aus den Augen gelassen. Sie geht überhaupt nicht zu ihnen.«

»Und wann sind sie geboren?«

»Gestern Nacht. Oder vielleicht heute früh. Ich bin eingeschlafen, deshalb kann ich es nicht genau sagen.«

»Sieht so aus, als ob wir da ein Problem hätten, was?«

»Ich will nicht, dass die Babys wieder sterben.«

Dr. Steinways Seufzer drang laut und vernehmlich durch das Telefon an mein Ohr. »Es tut mir Leid, junge Dame, aber leider gibt es fast nichts, was wir tun können, um die Babys zu retten, wenn die Mutter sie nicht säugen will. Ihr Kolostrum – das ist die spezielle Milch, die in den ersten beiden Tagen beim Säugen kommt – schützt die Babys vor Krankheiten. Wenn sie die nicht bekommen, sind sie für alle Krankheitskeime in ihrer Umgebung anfällig, und sie würden keine Woche alt werden, selbst wenn es dir gelingen würde, sie zu füttern.«

Ich war am Boden zerstört. »Aber ich kann doch nicht einfach nur zuschauen, wie sie sterben!«

»Nein, da hast du wohl Recht.«

»Aber was soll ich dann tun?«

»Also, lass uns mal überlegen. Sie war seit ungefähr sechs Uhr heute Morgen nicht bei ihnen, sagst du?«

Ich hatte keine Uhrzeit gesagt. Und ich wusste nicht genau, wie spät es war, als ich aufgewacht war. »Es muss so gegen sechs oder sieben gewesen sein.«

»Sechs oder sieben, sagst du. Also gut, dann solltest du der Mutter erst noch eine Chance geben. Du wartest bis sechs oder acht Uhr abends, bevor du eingreifst, hörst du?«

»Ja.«

»Und inzwischen kommst du hierher in die Tierklinik und holst dir eine kleine Plastiknuckelflasche und ein bisschen Katzenbabynahrung ab.«

»In Ordnung.«

»Gut. Also, dann bis bald, junge Dame.« Dr. Steinway legte auf.

Mümmel ging nicht zu ihren Babys. Um acht Uhr war Arthur übermüdet, weil er in der Nacht davor im Keller nicht so besonders gut geschlafen hatte. Also trottete er in sein Bett. Um neun Uhr war ich selber ziemlich erledigt. Aber ich war entschlossen, aufzubleiben und mich nicht von meinem Vorhaben abbringen zu lassen. Mom wollte, dass wir Mümmel noch bis zum Morgen Zeit ließen. Aber ich wusste genau, wenn sie die Babys in der Nacht nicht säugte, wären sie am Morgen so schwach, dass sie einfach sterben würden, so wie die übrigen Ferkel. Um 9.15 Uhr war mein Entschluss gefasst: »Also, Leute, das war's dann – ich füttere sie jetzt.«

Mom stand von der Couch auf, wo sie ihre Zeitung gelesen hatte, und ging in die Küche. Ich folgte ihr. Sie machte die winzige Hundert-Gramm-Dose mit der Katzenbabynahrung auf, goss den Inhalt in einen Topf und wärmte ihn auf. Dann füllte sie das kleine Puppenfläschchen bis zur Hälfte und reichte es mir. Sie sagte nichts.

Wir gingen zusammen in den Keller und Mom drehte die nackte Glühbirne an der Decke an. Ich griff in das Fellnest und zog ein Häschen heraus. Mümmel schnupperte neugierig an dem Baby, dann zog sie sich in eine Ecke des Käfigs zurück.

Das Baby wälzte sich in meiner Hand herum. Es war nicht größer als dreieinhalb Zentimeter und seine Haut war hellgrau und fühlte sich seidig weich an. Der Kopf war wie eine lange Traube geformt und fast so groß wie der restliche Körper. Die Ohren waren rund wie Mausohren, die Augen fest geschlossen. Der Schwanz war dünn und haarlos wie das ganze restliche Geschöpf. Es war ein vollkommener kleiner Hase, der nur auf seine Chance wartete, aufzuwachsen und groß zu werden. Mein Herz klopfte heftig. Ich würde alles tun, um dieses Hasenbaby zu beschützen.

Ich nahm es in meine linke Hand und hielt ihm den Flaschensauger an das Mäulchen. Aber das Kleine trank nicht. Also schob ich ihm den Sauger unter die Oberlippe. Aber der Hase trank immer noch nicht. Da drückte ich ihm den Sauger in sein Mäulchen und presste die Flasche vorsichtig mit zwei Fingern zusammen. Das Mäulchen füllte sich mit der gelben, cremigen Flüssigkeit. Und plötzlich krümmte es sich in meiner Hand. Kein wildes Herumgezappel, aber ein richtiges, festes Zucken. Und es nuckelte an dem Flaschensauger. Ich hielt das Hasenbaby und die Flasche in meiner Hand, solange sich sein Mäulchen bewegte, und es bewegte sich lange.

Endlich hörte das Baby auf zu nuckeln. Aber es hörte nicht langsam und allmählich auf. Es hörte auf und im selben Moment fiel sein Kopf vom Sauger ab. »Oh, Mom, ist es tot?«

Wir untersuchten den kleinen Körper. Er war ganz feucht von der Babynahrung, die ihm an den Seiten aus dem Maul gequollen war. Aber seine Brust bewegte sich in regelmäßigen Atemzügen auf und ab.

»Ich glaube, er ist vor Wonne in Ohnmacht gefallen«, sagte Mom.

Ich lachte.

Mom schaute auf ihre Uhr. »Laurel, es ist neun Uhr fünfundvierzig. Dieses eine Häschen hat eine halbe Stunde gebraucht!«

Ich hielt die Flasche hoch und kontrollierte den Flüssigkeitspegel. »Und es hat bloß einen halben Teelöffel voll getrunken«, sagte ich.

»Das ist absurd.« Mom rieb sich die Unterlippe. »Also gut, ich geh nach oben und hole ein paar Augentropfen-Pipetten aus dem Arzneischrank, und dann helfen Dad und ich dir beim Füttern.«

Mom lief davon und kam mit Dad und zwei Pipetten voller Babynahrung zurück. Ich hatte Baby Nummer eins auf meinem Schoß abgesetzt, wo es liegen blieb, ohne sich zu rühren, und hatte schon Baby Nummer zwei in meinen Händen, das gierig die Babynahrung in sich hineinsaugte. Mom und Dad nahmen Baby Nummer drei und vier.

Baby Nummer zwei war schneller und wilder. Aber als

es fertig war, sackte es ebenfalls weg. Und es war rundum mit der klebrigen Flüssigkeit voll geschmiert. Ich legte es neben Baby Nummer eins. Mom legte Baby Nummer drei dazu. Und dann nahm jede von uns ein anderes Baby heraus – Baby Nummer fünf und sechs. Baby Nummer sechs war eindeutig der Winzling des Wurfs, aber er machte es dadurch wett, dass er extraschnell trank.

»Deine Hasen sind aber schnell«, sagte Dad. Das Baby, das er genommen hatte, sah in seinen großen Händen noch winziger aus, als es war. »Aber ich glaube, der Bursche hier hat den Bogen allmählich raus.« Er stupste das Baby mit dem Flaschensauger an. Es nuckelte schwach. Alle paar Sekunden musste Dad ihm einen neuen Schubser geben. Als der kleine Hase fertig war, griff Dad in das Fellnest, um den nächsten herauszuholen, aber es war leer.

Ich legte alle sechs Babys in das Nest zurück, ging hinauf und fiel ins Bett. Ich glaube, ich war schon eingeschlafen, bevor ich überhaupt die Augen zumachte.

Als ich am nächsten Morgen aufwachte, stand Arthur neben meinem Bett und starrte mich an. »Endlich bist du wach! Schnell, komm mit runter.«

Wir gingen in den Keller hinunter. Mümmel begrüßte uns und war gierig nach unseren Zärtlichkeiten. Ich griff in das Nest und zählte. Fünf warme, pelzige Kaninchenkörper. Das Fell war nicht ihres – es waren kleine Büschel aus dem Fellnest, die mit der Babynahrung an ihrer

Haut festgetrocknet waren. Mein Herz krampfte sich zusammen. Ich tastete im Stroh herum und fand schließlich das sechste Baby – es war kalt und leblos. Mümmel ließ es mich wegnehmen, als ob sie das überhaupt nichts anginge. Ich fragte mich, ob sie nur zu dumm war, um zu begreifen, was da passierte, oder ob sie wusste, dass es einfach keinen Sinn hatte, ein totes Baby bei sich zu behalten.

Ich nahm den kleinen Körper behutsam in beide Hände und brachte ihn nach oben. Es kostete mich meine ganze Kraft, meine Stimme ruhig zu halten, als ich sagte: »Dad, wir müssen eines begraben.«

»Aber fünf leben noch«, sagte Arthur feierlich.

»Wirklich? Fünf haben die Nacht überstanden?«, sagte Mom und kam ins Wohnzimmer herein, in der Hand eine Tasse Kaffee.

»Ich hätte nie gedacht, dass sie überhaupt so lange durchhalten.«

Dad setzte seinen Hut auf. »Ich begrabe es.«

»Ich helfe dir«, sagte ich.

»Ich auch«, sagte Arthur.

Bald war es für uns zur Routine geworden, die Babys dreimal am Tag zu füttern: das erste Mal, wenn ich aufwachte, das zweite Mal, wenn ich von der Schule heimkam, und das letzte Mal, kurz bevor ich ins Bett ging. Wir brauchten für jedes Baby eine halbe Stunde, obwohl sie nur einen halben Teelöffel voll tranken. Wenn ich es alleine hätte machen müssen, hätte ich bei einer einzigen Fütterung drei Stunden gebraucht, um die Babys satt zu bekommen. Allerdings waren es am Sonntagmorgen ja nur noch fünf Babys. Und außerdem war mindestens Arthur da, der mir half, und oft auch Mom. Dad wollte nicht mehr helfen. Er kam und schaute zu, wie ich sie fütterte, und er war auch bereit, die anderen Babys zu halten, bis sie an die Reihe kamen. Aber er weigerte sich, sie selber zu füttern. Ich glaube, er hatte insgeheim den Verdacht, dass das erste tote Baby dasjenige war, das er in der ersten Nacht gefüttert hatte. Und ich denke, er hatte Recht. Aber es war nicht seine Schuld. Sein Baby war das schwächste des ganzen Wurfs gewesen.

Nach jeder Fütterung ging ich in mein Zimmer und hängte mich an die Stange. Ich konnte jetzt fünf Minuten am Stück dran hängen bleiben. Irgendwie glaubte ich, wenn ich es schaffen würde, meinen Rücken in Ordnung zu bringen, dann würden auch die Babys überleben. Es war ein verrückter Gedanke, aber ich hängte mich trotzdem jeden Tag ein bisschen länger an die Stange. Manchmal bildete ich mir ein, dass ich richtig spüren konnte, wie meine Wirbelsäule gerader wurde. Das gab mir Hoffnung.

Und ich gelobte mir, dass ich jeden Abend, bevor ich ins Bett ging, die Hasenbabys zeichnen würde. So würde ich mich immer erinnern können, wie sie gewachsen waren und sich allmählich verändert hatten.

Am Sonntagabend war ein zweites Baby schwach und

lustlos. Ich fasste es an, fasste dann die anderen an und ich wusste sofort: Sein Körper verlor Wärme. Ich hielt es besonders lang in den Händen und rieb seinen Bauch, um es zum Trinken zu bringen. Aber es hatte nicht die Kraft dazu. Am Montagmorgen war es tot.

Aber die anderen vier überlebten den Montag und machten einen kräftigen Eindruck. Ich hatte Angst, dass das zweite Baby sich vielleicht erkältet hatte, weil wir die nasse Babynahrung an seinem Körper gelassen hatten. Deshalb nahm ich ein Geschirrhandtuch mit hinunter, und nach jeder Kleckermahlzeit rieb ich die Babys behutsam, aber gründlich trocken. Dann nahm ich meinen Zeigefinger und rubbelte sie von Kopf bis Fuß ab. Ich stellte mir vor, dass Mümmel sie vielleicht so trockengeleckt hätte, wenn sie sie gesäugt hätte. Ich wusste nicht, ob es ihnen half, aber ich fühlte mich besser, zumindest machte ich etwas.

Am Dienstagmorgen herrschte Hochbetrieb im Hasennest, als ich herunterkam. Sie waren inzwischen an ihren Stundenplan gewöhnt und wurden hungrig, wenn es Zeit für die Fütterung war. Ihr Körper war jetzt mit kurzen, feinen, grauen Härchen bedeckt. Und ihre Köpfe waren nicht mehr so platt wie am Anfang – tatsächlich konnte man sehen, wie ihre Gesichter sich um die Nase herum allmählich ausstülpten. Bis zum Dienstagabend waren ihre Schnurrhaare fast herausgewachsen und sie hatten oben und unten winzige weiße Vorderzähnchen.

Wenn wir sie fütterten, ruderten ihre Beine in der Luft

herum, als ob sie schwimmen wollten. Und wenn wir sie in das Nest zurücklegten, leckten die, die noch nicht getrunken hatten, in ihrer blinden, verzweifelten Gier die anderen ab, die schon fertig waren.

Aber eines von ihnen trank nicht ordentlich am Mittwochabend. Und am Donnerstagmorgen war es so schwach, dass es überhaupt nicht mehr trinken konnte. Es starb, als ich in der Schule war.

Es war jetzt der fünfte Tag, seit die Kaninchenbabys auf die Welt gekommen waren, und drei von ihnen lebten noch. Ich musste immer an Dr. Steinways Worte denken: Ohne die Kolostralmilch ihrer Mutter würden die Babys die erste Woche nicht überleben. Jeden Tag versuchte ich, Mümmel zum Nest zu locken. Aber sie ging nie hin. Manchmal zeigte sie einen Anflug von Neugier für die kleinen, zappeligen Wesen. Aber sie ging nie so nahe an sie heran, dass sie sie berührte.

Einmal hielt ich Mümmel fest und setzte eines der Babys unter ihren Bauch, in der Hoffnung, dass es sich eine Zitze schnappen würde. Aber Mümmel sprang unter meiner Hand heraus und flüchtete in eine Ecke des Käfigs und das Baby rollte weg. Jeden Tag fragte mich Charlotte, wie es ihnen ging und wann sie endlich kommen und die Kleinen anschauen könnte. Und jeden Tag gab ich ihr die neueste Liste durch, wer noch am Leben war, und sagte ihr, dass sie noch warten müsste. Dr. Steinway hatte gesagt, die Babys seien anfällig für alle Krankheitskeime. Sicher, wir konnten die Babys nicht vor meinen oder vor Arthurs Bazillen oder vor denen meiner Eltern schützen, aber ich würde die Keime aller anderen Leute von ihnen fern halten, solange ich nur konnte.

Am Donnerstagabend starb das vierte Baby. Ich legte einen Stein auf sein Grab, so wie ich es bei den anderen gemacht hatte.

Die Babynahrung war uns schon lange ausgegangen. Aber ich las die Zutaten von der Dose ab: Kondensmilch, Maissirup und Eigelb. Dann rief ich Dr. Steinway an und er war mit meiner Idee einverstanden: Ich würde die Babynahrung für meine Hasenkinder selber zusammenmischen. Ich trennte ein Ei und gab das Eigelb in eine Tasse. Dann fügte ich eine Dose Kondensmilch hinzu und einen Teelöffel voll Ahornsirup. Ich nahm Ahornsirup statt Maissirup, weil Mümmel so gern Ahornblätter fraß, und ich dachte, vielleicht hatten die Kleinen ihren Geschmack geerbt. Die Hasen merkten offenbar keinen Unterschied. Sie tranken genüsslich.

Die Augen der Kleinen waren noch geschlossen, aber es waren jetzt nicht mehr nur Punkte in ihrem Kopf, so wie am Anfang. Jetzt waren es dunkle, vorstehende Klumpen. Winzige Wimpern hatten sich gebildet. Und sie hatten scharfe kleine Krallen und lange Zehen, die sich vor Begeisterung spreizten, wenn sie tranken. Ihre Hinterpfoten waren jetzt länger und ihre Hinterläufe setzten Fleisch an. Wenn sie sich zu ihrer vollen Länge ausstreckten, reichten sie über Moms ganze Handfläche, von den Fingerspitzen bis zum Handgelenk. Sie tranken mit Genuss, und wenn Arthur sie fütterte, sang er die ganze Zeit vor sich hin: »Jam jam jam – jam, jam, jam«, in einem Rhythmus von jeweils drei Jams auf einmal. Er brachte uns alle zum Lachen.

Als ich am Freitag nach Hause kam, freute ich mich darauf, dass ich das ganze Wochenende nur mit Micky (dem kleineren Baby – Arthur hatte es so getauft) und Mandelblüte (der Name war von mir) spielen konnte. Wir hatten uns darauf geeinigt, dass ihre Namen mit einem M anfangen mussten, weil ihre Mutter Mümmel hieß und ihr Vater Mäxchen. Aber als wir dann zusammen zur Tür hereinkamen, sahen wir Moms Koffer im Flur stehen.

»Es tut mir Leid.« Mom kam die Treppe herunter und schaute von einem zum anderen. »Ich gehe zu Tante Lizzy.«

Arthur ließ seinen Rucksack auf den Boden fallen. »Stirbt Tante Lizzy?«, fragte er. Die Tränen standen ihm bereits in den Augen. Und er stürzte sich in Moms Arme.

Mom schaute über Arthurs Schulter zu mir herüber. Ich zuckte die Achseln. Es gab nichts, was ich sagen konnte. Sie wusste, wie es passiert war – ich hatte es ihr hinterher erzählt.

»Ich gehe zu ihr, weil ich bei ihr sein will. Ich vermisse sie jetzt.« Mom schob Arthur auf Armeslänge von sich weg, damit sie ihm ins Gesicht schauen konnte. »Ich glaube nicht, dass sie stirbt. Aber wenn sie stirbt, dann möchte ich erst recht bei ihr sein. Das verstehst du doch, oder?«

»Ich will mitkommen«, sagte Arthur.

»Sie kann jetzt keinen Lärm und keine Aufregung um sich herum brauchen, Arthur.«

»Ich bin aber kein Lärm und keine Aufregung.«

»Ach, Arthur.« Mom strich mit den Fingern durch sein Haar.

»Hat sie immer noch Probleme mit der Speiseröhre?«, fragte ich.

»Nein. Die Bestrahlung ist vorbei. Jetzt bekommt sie nur noch ihre Chemotherapie.«

Arthur packte Moms Hand und hielt sie auf seinem Kopf fest.

»Wann kommst du zurück?«

Mom kniete sich vor ihn hin. »Ich komme in einer Woche zurück, Arthur. Das ist alles. Nächsten Freitag bin ich wieder zu Hause.«

»Eine Woche ist lang«, sagte Arthur.

Wir brachten Mom alle zusammen zum Flughafen. Am Abend gingen wir früh ins Bett.

Am Samstag spielten Arthur und ich den ganzen Vormittag.

Mittags machte ich Sandwichs mit Schinken, Salatblättern und Tomaten für Dad und Arthur und mich.

Arthur untersuchte sein Sandwich. Plötzlich leuchtete

sein Gesicht auf. »Ich weiß, was das ist«, sagte er. »Das sind Paket-Brötchen.«

»Was?«, sagte ich.

Dad schaute Arthur mit gerunzelten Brauen an und biss ein riesiges Stück von seinem Brötchen ab. Plötzlich brach er in schallendes Gelächter aus.

»Du meinst Baguette-Brötchen, Arthur«, sagte ich schnell und warf Dad einen wütenden Blick zu. »Nicht Paket-Brötchen.«

Arthur starrte verlegen auf sein Brötchen. »Baguette-Brötchen. Ach so.«

Dad schaffte es irgendwie, den Bissen, den er im Mund hatte, hinunterzuschlucken. »Das ist ein tolles Mittagessen, Laurel«, sagte er. »Und ihr beide habt so schön gespielt heute Morgen. Was meint ihr, wollen wir heute Nachmittag ins Kino gehen?«

»Das wär schön«, sagte Arthur.

Ich nickte. Dad wollte es wiedergut machen, dass er über Arthurs Fehler gelacht hatte, das wusste ich. Und wahrscheinlich war es auch das Beste, was er tun konnte.

Am Sonntag wurden Micky und Mandelblüte neun Tage alt. Sie hatten weiches, dickes Fell am ganzen Körper und an manchen Stellen war es braun gefleckt. Ihre Augen waren immer noch geschlossen, aber sie schafften es jetzt, so eine Art Flohhopsen durch das Stroh im Käfig zu machen.

Mümmel hatte anscheinend Angst vor ihnen. Wenn

sie wach waren, drängte sie sich in eine Ecke des Käfigs und machte keinen Mucks mehr. Aber am zehnten Morgen sprach Arthur die gefürchteten Worte aus. »Mit Micky stimmt was nicht.«

»Was soll mit Micky nicht stimmen?«

Arthur hielt den Hasen in seinem Schoß und streichelte ihn sanft. »Er ist nur halb so groß wie Mandelblüte.«

»Er war immer der Winzling«, sagte ich.

»Aber erst war er nur ein kleines bisschen kleiner. Und jetzt ist er viel kleiner.«

»Aber er ist dick«, sagte ich.

»Er sieht krank aus.«

Ich nahm den Kleinen und legte ihn in meiner Hand auf den Rücken. Er dachte, dass er gefüttert werden sollte, und seine Beine ruderten erwartungsvoll in der Luft herum. Sein Bauch war rund wie ein Tennisball, aber sein Kopf und seine Beine waren klein und dünn. Ich brachte ihn zu Dad, der den Frühstückstisch deckte. »Schau mal.«

Dad stellte die Cornflakes-Packung ab und rieb Mickys Bauch.

»Prall wie eine Trommel«, sagte er.

»Was ist los mit ihm?«

»Ich glaube, mit seinem Stoffwechsel stimmt was nicht.« Dad rieb sich die Nase. »Wahrscheinlich arbeitet sein Darm nicht, und sein Körper kann die Nahrung nicht verwerten, die ihr ihm füttert.«

»Meinst du, dass er platzt, wenn wir ihn weiterfüttern?«, fragte ich.

»Nicht richtig platzen, das nicht. Aber ehrlich, Laurel, ich kann dir auch nicht sagen, was passieren wird.«

»Ich bleibe heute von der Schule zu Hause«, sagte ich.

»Das geht nicht, Laurel. Ich muss zur Arbeit und du kannst schließlich nicht den ganzen Tag allein zu Hause bleiben.«

»Klar kann ich. Das hab ich doch früher auch schon gemacht. Und heute muss ich dableiben, damit ich Dr. Steinway anrufen kann.«

»Nein.«

Dad nahm Micky und wiegte ihn in seiner Hand. »Ich rufe Dr. Steinway an. Und ich mache alles, was er sagt. Du gehst in die Schule, und wenn du nach Hause kommst, löst du mich ab.«

»Aber Dad ...«

»Nein, Laurel. Ich schreibe alles auf, was der Tierarzt sagt, und hinterlasse dir eine Nachricht auf dem Küchentisch. Das ist mein letztes Wort, Laurel.«

In der Schule dachte ich die ganze Zeit nur an Micky. Er durfte nicht sterben. Er war zehn Tage alt. Er war schon so weit gekommen. Und wenn Micky starb, würde Mandelblüte ganz alleine sein. Konnte ein Kaninchenbaby so mutterseelenallein überleben? Es war unnatürlich. Kaninchen müssen in einem großen Wurf aufwachsen. Mandelblüte würde vielleicht aus purer Einsamkeit sterben.

Als Arthur und ich nach Hause kamen, liefen wir sofort in den Keller hinunter. Mandelblüte lag zusammengerollt da und schlief und wir konnten Micky nirgends finden. Aber als ich Mandelblüte hochhob, kam Micky darunter zum Vorschein. Er hatte sich unter ihren warmen Körper verkrochen und wachte gleich auf, aber er war schwach. Er konnte kaum seinen Kopf heben. Ich trug ihn nach oben und Arthur trug Mandelblüte. Ich las Dads Nachricht auf dem Küchentisch:

> Dr. Steinway sagt, es ist ein Wunder, dass sie so lange gelebt haben. Er sagt, du sollst Mickys Bauch massieren und ihn füttern, so wie sonst auch. Ich habe ihm seine Morgenmahlzeit gegeben.
> Alles Liebe,
> Dad.

Arthur fütterte Mandelblüte und ich versuchte, Micky zu füttern. Aber Micky konnte nicht essen. Ich wusste, dass er nicht essen konnte, aber ich musste es trotzdem versuchen. Ich hielt ihn in meiner Hand, bis Dad nach Hause kam, und ich ließ Arthur Mandelblüte halten. Ich dachte mir, dass es das Mindeste war, was ich noch für Micky tun konnte. Bevor ich ins Bett ging, rief Mom an. Dad sprach zuerst mit ihr. Dann durfte Arthur ein paar Worte sagen. Danach war ich an der Reihe.

»Hi, Mom«, sagte ich.

»Hallo, mein Schatz.«

»Wie geht es Tante Lizzy?«

»Es geht ihr besser, Laurel.«

So viel Optimismus hatte ich bei Mom schon seit langem nicht mehr erlebt. Konnte es wirklich wahr sein?

»Was heißt das, Mom?«, fragte ich.

»Ach, Laurel, wir haben heute ein paar gute Nachrichten bekommen.«

Mein Herz schlug schneller. »Sag schon.«

»Der Tumor geht zurück. Die Chemotherapie wirkt, Laurel. Es funktioniert!«

Ich umklammerte das Telefon und nickte, als ob Mom mich sehen könnte. »Das ist toll.«

»Es ist noch zu früh, um ganz sicher zu sein, Laurel. Aber es ist das Beste, was wir uns unter diesen Umständen erhoffen konnten. Und es ist eingetreten!«

»Ich bin so froh.«

»Aber jetzt sag mal, Laurel, wie geht's denn bei euch zu Hause?«

»Gut, Mom.«

»Wirklich?«

Nein, nicht wirklich. Aber Mom war jetzt fast glücklich. Und das wollte ich ihr nicht verderben.

»Wirklich, Mom«, sagte ich.

»Laurel, hab ich dir schon gesagt, wie stolz ich auf dich bin?«

Ich lachte. »Wieso denn das, Mom?«

»Ich bin so stolz auf dich, weil du diese Hasengeschichte so gut hingekriegt hast.«

Ich schluckte heftig. »Das stimmt nicht, Mom. Die Überlebensrate ist nicht besonders hoch.«

»Ach, Laurel. Begreifst du denn nicht? Hast du schon jemals etwas von der so genannten Gedeihstörung gehört?«

»Nein.«

»Das kommt manchmal bei Babys vor. Bei Menschenbabys. Sie kommen völlig gesund zur Welt, aber trotzdem stimmt was nicht. Es heißt, dass zwischen der Mutter und dem Baby irgendwas schief geht, und das Baby hört einfach auf zu essen. Und dann kann es sterben.«

»Das ist ja schrecklich.«

»Ja, aber bei deinen Hasen war es genau das Gegenteil, Laurel. Sie hatten fast gar keine Chance, als sie auf die Welt kamen. Aber du hast ihnen deine ganze Liebe geschenkt, und du hast etwas fertig gebracht, was niemand für möglich gehalten hätte. Gut, ein paar sind gestorben. Aber niemand hätte gedacht, dass sie die ersten zwei, drei Tage überleben würden.«

»Viel ist das nicht, Mom.«

»Du hast ihnen eine Chance gegeben. Und wenn eins von den Babys es schafft, dann deshalb, weil deine Liebe zu ihnen so stark ist.«

»Ich weiß nicht, ob es eins von ihnen schaffen wird, Mom.«

»Das kannst du auch nicht wissen, Laurel. Du bist ein

tapferes Mädchen, Laurel. Du machst weiter, auch wenn du dem Tod ins Auge blicken musst. Das ist das Mutigste, was man tun kann. Du warst mir eine große Hilfe in den letzten paar Wochen. Ich habe dir zugesehen und allein das hat mir schon so viel geholfen.«

»Ich hab dich so lieb, Mom.«

»Gute Nacht, Laurel. Ich hab dich auch lieb.«

## *Lebendig*

Wir begruben Micky am Dienstagmorgen, bevor wir in die Schule gingen. Ich fand es schrecklich, dass ich Mandelblüte den ganzen Tag alleine lassen musste. Sie war nicht wirklich allein, weil Mümmel ja auch noch da war. Aber Mümmel gab ihr keine Liebe. Mandelblüte würde niemanden haben, mit dem sie kuscheln konnte, niemanden, den sie ablecken oder der sie ablecken konnte.

In der Pause erzählte ich es Charlotte.

»Das ist traurig«, sagte sie. »Bald sind sie alle tot und ich hab kein einziges von ihnen gesehen.«

Da sagte ich plötzlich: »Du kannst heute mit mir nach Hause kommen.«

Charlotte machte große Augen. »Ist das dein Ernst? Ich dachte, du hast Angst wegen den Bazillen.«

»Doch, das ist mein Ernst. Du musst Mandelblüte sehen. Du musst sie halten und fühlen, wie weich ihr Fell ist, und du musst sehen, wie sie umfällt, wenn sie hoppelt.«

»Ich wasche mir fünfmal die Hände. Nein, sechsmal. Und ich binde mir ein Taschentuch um die Nase, damit ich nicht auf sie draufatme. Und …«

»Ist schon gut, Charlotte. Wir waschen uns beide die

Hände. Aber wenn sie stirbt, Charlotte, dann ist es nicht deine Schuld.«

»Das stimmt. Es ist Mümmels Schuld.«

»Nein, das ist nicht wahr.«

»Doch, natürlich ist es wahr«, sagte Charlotte.

»Mümmel versteht von all dem nichts«, sagte ich. »Ich glaube, sie weiß nicht mal, dass Mandelblüte ihr Baby ist.«

»Sag ich doch. Sie hat alles vermasselt.«

»Nein.« Ich dachte daran, wie Mümmel an ihren Babys geschnuppert hatte. Und wie sie sich in einer Ecke des Käfigs versteckt hatte. »Irgendwas ist schief gelaufen, aber wahrscheinlich liegt es nicht an Mümmel. Sie war noch ein Baby, als ich sie bekommen habe. Wer weiß, wann der Züchter sie von ihrer Mutter weggenommen und an die Tierhandlung verkauft hat? Sie hat wahrscheinlich keinen blassen Schimmer von der Hasenkultur.« Ich setzte mich auf eine vereiste Bank neben den Kletterstangen. »Wir dürfen Mümmel nicht die Schuld daran geben. Niemand ist schuld.«

Charlotte seufzte und ließ sich neben mir auf die Bank fallen. »Arme mutterlose Häschen.«

»Mandelblüte hat doch mich«, sagte ich.

»Und du kennst dich aus mit der Hasenkultur?« Charlotte verschränkte ihre behandschuhten Finger ineinander und ließ sie in den Schoß fallen.

Ihre Frage ging mir den Rest des Tages nicht mehr aus dem Kopf.

Als wir nach Hause kamen, führte uns Arthur in den Keller hinunter, und ich überließ ihm die ehrenvolle Aufgabe, Mandelblüte auf Charlottes Hand zu setzen. Mandelblüte war ganz wild vor Hunger. Sie nuckelte an Charlottes Handfläche. Ich wärmte die Babynahrung auf und reichte Charlotte das Fläschchen.

Charlotte schaute mich fassungslos an. »Ich darf sie füttern? Oh, danke, Laurel. Vielen, vielen Dank.«

Sie neigte die Flasche vorsichtig zu Mandelblüte hin. Noch vor einer Woche hätte so eine winzige Bewegung gar nichts bewirkt. Aber jetzt funktionierte es bestens. Mandelblüte wusste, was sie zu tun hatte. Sie machte ihr Mäulchen auf, schnappte sich den Sauger und schluckte gierig.

»Oh, sie trinkt, sie trinkt. Ist sie nicht süß?«

Ich lächelte stolz.

Arthur strahlte vor väterlicher Liebe. »Jam jam jam«, sang er. »Jam, jam, jam.«

Mandelblüte machte zum ersten Mal ihr rechtes Auge auf. Es war glänzend schwarz und voller Klugheit.

Arthur und ich führten zusammen einen Freudentanz auf. Es war, als hätte uns jemand ein Geheimnis offenbart.

Charlotte lachte. »Was bist du für ein schlaues kleines Ding, Mandelblüte-Häschen.«

Sie berührte Mandelblütes Schwanz, der jetzt mit Fell bedeckt war und wie ein richtiger Hasenstummelschwanz aussah, nicht wie ein abgeschnittener Rattenschwanz, so wie anfangs. Mandelblüte pinkelte in Charlottes Hand.

»Wie die Mutter, so die Tochter«, sagte ich.

Das war vor sechs Wochen. Mandelblüte ist jetzt ein halbwüchsiger Hase. Und wie sich heraustellte, ist sie ein *er* und keine *sie*. Ich wollte ihn zuerst in Marlon umtaufen. Aber dann überlegte ich es mir anders und ließ es doch lieber bei Mandelblüte, weil er diesen Namen kennt (er kommt sogar, wenn man ihn ruft), und weil ich an die Verkäuferin in Mr. Caldwells Tierhandlung denken musste, die mir gesagt hatte, ich sollte mein Kaninchen nicht in eine Identitätskrise stürzen. Mandelblüte hat lange Ohren. Eins davon hängt herunter – wie das Hängeohr seines Widder-Vaters – und eines liegt dicht am Kopf an, so wie bei seiner Zwerghasenmutter. Wer ihn anschaut, muss ihn einfach mögen.

Er ist braun und grau und hat das weichste Fell, das man sich denken kann. Er und Mümmel sind Freunde geworden. Sie hocken zusammen im Käfig, der jetzt draußen steht, und putzen sich gegenseitig, so wie Katzen es machen. Mandelblüte richtet sich an der Seite des Käfigs auf, wenn er mich kommen sieht. Wenn ich den Käfig aufmache, leckt er sogar ganz zärtlich meine Hand. Meistens nehme ich ihn heraus und bringe ihn in die Küche. Ich lege ihn auf meinem Schoß auf den Rükken und streichle seinen Bauch. Das liebt er. Meistens schläft er dann ein, die kleinen Pfoten in die Luft gestreckt. Ich habe ein Bild von ihm gezeichnet, wie er schläft.

Ab und zu nimmt Arthur Mandelblüte von meinem Schoß und rollt ihn zu einem Hasen-Ball zusammen, wie er das nennt.

Er hält Mandelblüte an sein Ohr und schwört, dass er ihn schnurren hören kann. Das erinnert uns an die Katzenbabynahrung. Aber die Flaschenzeiten sind längst vorbei: Als Mandelblüte gerade erst drei Wochen alt war, fing er schon an, Crispys zu fressen. Und jetzt frisst er alles, was ich Mümmel gebe. Wie ein Schwein.

Er ist auch sehr schlau. Wenn ich ihn auf den Boden in meinem Zimmer setze, solange ich mich an die Stange hänge, hüpft er neugierig herum, aber er kommt nie direkt unter meine Füße. Ich glaube, er weiß tatsächlich, dass er zerquetscht werden könnte, wenn ich auf ihn drauffallen würde. Ich versuche immer noch, jeden Tag ein bisschen länger an der Stange zu hängen, aber inzwischen nur noch einmal am Tag, nicht dreimal, wie in der Zeit, als ich Mandelblüte mit dem Fläschchen gefüttert habe. Mein Rücken braucht Geduld (sagt Mom), weil Menschen sich viel langsamer ändern als Hasenbabys.

Das große Problem ist natürlich, dass Mandelblüte nicht bei Mümmel bleiben kann, wenn er über sechs Monate alt ist, weil er dann versuchen würde, sich mit ihr zu paaren. Dann würden die Babys, die sie bekommen würde, vielleicht missgebildet oder verrückt sein oder beides.

Ich wollte mir schon einen zweiten Käfig kaufen, aber irgendwie kam es mir wie Tierquälerei vor, zwei Hasen zu halten und sie nie zusammen zu lassen. Das konnte ich nicht ertragen.

Schließlich fand ich doch noch eine Lösung, mit der ich leben kann. Es wird wehtun, aber das wäre bei jeder anderen Lösung genauso. Charlotte ist ganz vernarrt in Mandelblüte, und er ist das erste Tier, das sie je geliebt hat. Sie redet schon davon, dass sie sich ein graues Haarspray kaufen und graue Tupfer in ihr Haar sprühen will, passend zu Mandelblütes Fell. Endlich versteht sie mich. Und deshalb habe ich heimlich mit ihrer Mutter gesprochen. Am achten Mai hat Charlotte Geburtstag und dann schenke ich ihr Mandelblüte.

Mom ist in letzter Zeit wieder viel fröhlicher. Tante Lizzys Tumor ist weiter zurückgegangen und nach Ostern hat sie ihre sechsmonatige Chemotherapie hinter sich. Dann werden wir sehen, was passiert. Wie Mom gesagt hat, gibt es keine Garantie; wir können nur hoffen. Aber so ist das Leben nun mal. Keiner von uns hat eine Garantie. Nur die Hoffnung.

Und ab und zu gibt es eine Mandelblüte, die unsere Hoffnung am Leben erhält.

Ach ja, übrigens: Dr. Steinway und ich haben in letzter Zeit oft miteinander telefoniert. Er war ganz überrascht, als ich ihm sagte, dass Mandelblüte noch am Leben ist. Er sagte, ich hätte ein goldenes Händchen. Wir kamen ins Reden, und ich erzählte ihm von den anderen

Tieren, die ich im Lauf der Jahre gehabt hatte. Er fragte mich, wie ich sie alle versorgt hätte. Dann wollte er wissen, wie ich Mümmels Wurf versorgt hätte. Er schrieb sich meinen Namen und meine Telefonnummer auf. Und eines Tages rief er mich aus heiterem Himmel an wegen einem Kaninchen, das neu in seine Praxis gebracht worden war und das dauernd Probleme hatte. Es ist ganz wild auf Mais, und irgendwie ist es in die Vorratsschublade geraten und hat eine ganze Packung Cornflakes aufgefressen, so dass es sich einen Tag lang nicht mehr rühren konnte. Also rief mich Dr. Steinway an, um mit mir über das Kaninchen zu reden.

Und wir berieten zusammen, was wir dem Besitzer des Kaninchens sagen sollten. (Unser Rat war einfach: Die Schublade abschließen und besser auf das Kaninchen aufpassen.) Auf jeden Fall hat mich Dr. Steinway gefragt, ob ich diesen Sommer bei ihm arbeiten will. Nur Teilzeit. Er bezahlt mir zehn Dollar pro Woche. Aber ich würde es auch umsonst machen. Ich habe erst Mom gefragt, weil ich ziemlich weit mit dem Fahrrad fahren muss und Mom sich immer Sorgen macht wegen solchen Dingen. Aber als sie merkte, wie wichtig es für mich war, sagte sie, es sei in Ordnung, und ich sagte ihm: »Klar will ich.«

Ich habe schon mit meinen Vorbereitungen angefangen. Ich will alle Bücher über Tierpflege lesen, die es in der Stadtbibliothek gibt. Ich will Dr. Steinway nicht enttäuschen. Ich werde ganz schön beschäftigt sein.